Alice
au
manoir hanté

Retrouvez *Alice*

dans la Bibliothèque Verte

Caroline Quine

Alice
au
manoir hanté

Traduction
Anne Joba

Illustrations
Marguerite Sauvage

HACHETTE
Jeunesse

Alice

Jeune détective de choc, extrêmement perspicace et courageuse pour ses dix-huit ans. Au volant de son cabriolet, elle se lance dans des enquêtes toujours trépidantes... quitte à affronter des adversaires aussi malhonnêtes que dangereux !

Marion

Le garçon manqué de la bande. Avec Bess, c'est la meilleure amie d'Alice... Grande sportive, elle a le goût de l'aventure, et ne dit jamais non à une bonne enquête !

Bess

C'est la cousine de Marion. Gourmande, coquette et aussi un peu timorée, elle finit cependant toujours par suivre ses amies dans les aventures les plus risquées...

James Roy

Le père d'Alice.
Ce célèbre avocat prête souvent main forte à sa
fille dans ses enquêtes... quand ce n'est pas
Alice qui l'aide à résoudre les énigmes les
plus ardues !

Ned

Lorsqu'il n'est pas retenu par ses épreuves
sportives ou par ses cours à l'université,
ce beau jeune homme aide les trois
amies à résoudre les mystères les plus
ténébreux... pour le plus grand
plaisir d'Alice !

L'ÉDITION ORIGINALE DE CE ROMAN A PARU EN LANGUE ANGLAISE CHEZ
GROSSET & DUNLAP, NEW YORK, SOUS LE TITRE :

THE HIDDEN STAIRCASE

© Grosset & Dunlap, Inc., 1930.

© Hachette Livre, 1963, 1996, 2004, 2006 pour la présente édition.

Traduction revue par Anne-Laure Estèves.

Hachette Livre, 43, quai de Grenelle, 75015 Paris.

Un visiteur inquiétant

— Je ne sais pas ce que j'ai aujourd'hui. Je n'arrive pas à me concentrer sur quoi que ce soit.

Alice repousse le livre sur lequel elle essaie désespérément de fixer son attention. Incapable de tenir en place, elle traverse le salon pour aller jeter un coup d'œil par la fenêtre. Elle est seule dans la grande maison. Son père, James Roy, un avocat réputé, a été appelé dans une autre ville, et c'est le jour de congé de Sarah, la vieille gouvernante qui a élevé Alice depuis le décès de Mme Roy, survenu quand la jeune fille n'était encore qu'une enfant.

Sans aucune raison apparente, Alice se sent inquiète, mal à l'aise.

Elle tourne le dos à la fenêtre et son regard

se pose un instant sur une pendule ancienne qui orne la cheminée. Cet objet lui rappelle une de ses récentes enquêtes. Un sourire éclaire son visage.

« Je crois que j'ai compris, se dit-elle. C'est l'aventure qui me manque ! »

Avec un soupir de résignation, elle s'assied dans un confortable fauteuil et reprend son livre. Elle a à peine parcouru une page qu'un bruit de pas sur le perron attire son attention.

Presque aussitôt, quelqu'un frappe à la porte. Quelque chose dans l'insistance des coups alerte Alice. Elle n'a pas le temps de se lever que le visiteur s'acharne de nouveau sur le battant.

La jeune fille abandonne son livre et se précipite vers la porte. Elle l'ouvre et se trouve nez à nez avec un inconnu.

L'homme est grand et maigre, et ses longues jambes lui donnent l'air d'un épouvantail haut perché. La manière dont il est habillé accentue encore cette allure. Il porte un costume aussi mal coupé que démodé, et couvert de taches de graisse. Mais sa tenue n'est rien comparée à l'expression haineuse de son visage et Alice ne peut s'empêcher de faire un pas en arrière. Les yeux de l'inconnu, petits et noirs, semblent vouloir la transpercer.

Mais la jeune fille n'a pas le loisir d'approfondir son examen. D'un pas décidé, le visiteur franchit le seuil sans attendre d'être invité à entrer. Bien que choquée par cette attitude, Alice reste de marbre et attend que l'homme prenne la parole.

— Je m'appelle Jeff Croll. Je veux voir M. Roy, dit-il sèchement.

— Mon père n'est pas ici en ce moment, répond Alice d'un ton très calme.

— Où est-il ?

Cette manière brutale de poser des questions ne plaît pas du tout à la jeune fille qui ne perd pourtant pas son sang-froid.

— Il est parti dans une autre ville pour régler une affaire urgente.

— Il faut que je le voie.

— Je suis désolée, mais il ne rentrera que tard dans la soirée. Vous pouvez revenir demain...

— Non, ce n'est pas demain que je veux le voir, c'est tout de suite !

— Je viens de vous dire que mon père n'était pas à River City aujourd'hui, dit froidement Alice qui commence à s'irriter. Si vous voulez lui laisser un message, je le lui transmettrai dès son retour.

— Je ne veux pas laisser de message. Je suis

venu chercher des papiers. Votre père vous les a certainement remis pour moi.

— Il ne m'a rien laissé du tout.

— Bien sûr, on joue les ignorantes ! En tout cas votre père, lui, voit très bien de quoi je veux parler. Vous n'avez qu'à lui demander ce qu'il sait sur les terrains de Jeff Croll qui bordent la rivière et il vous racontera le sale tour que ses amis et lui ont essayé de me jouer.

— Je ne comprends rien à ce que vous dites, réplique la jeune fille. Vous avez perdu la tête.

— Je peux vous assurer que non. Vous n'êtes peut-être pas au courant de l'affaire, mais ça n'empêche pas que je possède des parcelles de terre le long de la rivière. J'ai été obligé d'en vendre une partie à un prix ridicule et c'est la faute de votre père. Il savait pourtant très bien qu'à cet endroit, la terre vaut trois fois plus que ce que j'en ai obtenu. Mais s'il croit que je vais me laisser faire ! Il a intérêt à annuler l'acte de vente ou à me payer lui-même le prix que je demande. C'est compris ?

— Vous mentez, dit Alice, glaciale. Mon père n'a jamais fait de tort à personne.

— Ah ! vraiment ? s'exclame Jeff Croll, d'un ton sarcastique. C'est pourtant ce qui fait le métier d'avocat !

— En tout cas, il n'a certainement jamais volé ce qui ne lui appartenait pas ! rétorque Alice, furieuse. S'il vous doit quelque chose, vous pouvez être sûr qu'il vous remboursera dès son retour.

— Plus tôt il reviendra, mieux ça sera, croyez-moi, ricane l'homme. Je parie qu'il est caché quelque part dans la maison, ce cher monsieur.

— Comment osez-vous insinuer une chose pareille ? s'écrie Alice au comble de la colère. Je suis seule ici !

Prenant conscience de l'imprudence qu'elle vient de commettre, elle s'empresse d'ajouter :

— Maintenant, ça suffit. Je ne vais pas vous laisser insulter mon père comme ça. Je vous demande de vous en aller !

— Je ne bougerai pas d'ici tant que je n'aurai pas mes papiers !

— Je vous répète que je ne sais rien de toute cette affaire.

— Je sais que mes papiers sont chez vous, et je ne partirai pas avant de les avoir récupérés.

— Sortez !

— Essayez donc de me mettre dehors si vous le pouvez ! dit Jeff avec un sourire narquois. Je suis sûr que vous en savez plus long sur cette histoire que vous voulez bien le dire.

— Vous êtes complètement fou ! dit Alice.

Elle est dans un tel état d'exaspération qu'elle ne se domine plus.

L'homme la scrute de ses petits yeux noirs ; une expression cruelle se peint sur son visage.

— Allez me chercher ces papiers, et plus vite que ça ! ordonne-t-il d'une voix rauque.

Alice sait que son père garde certains documents dans son bureau mais elle n'a pas la moindre intention d'obéir aux ordres de cet inquiétant visiteur. Elle sent que cette histoire est louche.

Réussissant à surmonter sa peur, elle tient tête à l'homme.

— Vous n'aurez rien du tout. Et maintenant, pour la dernière fois, sortez !

— Ah ! C'est comme ça ! Eh bien, je vais me servir moi-même, puisque mademoiselle refuse de m'aider.

Tout en parlant, l'homme s'avance vers le bureau qui communique avec le salon. La porte est ouverte ; on peut voir la table de travail de James Roy.

— Je vous interdis d'entrer chez mon père ! crie la jeune fille, furieuse.

— C'est donc bien là que sont cachés mes papiers ? Je m'en doutais.

En quelques enjambées, Jeff Croll traverse le

salon et pénètre dans le bureau. Il s'approche de la table et ouvre un tiroir dans lequel il fouille avec agitation.

— Arrêtez ! crie Alice.

Des deux mains, elle empoigne l'homme par sa veste et le fait reculer.

— Si vous continuez, j'appelle la police !

D'un geste brutal, Jeff Croll se libère et pivote sur lui-même. Défiguré par la rage, il fait face à la jeune fille ; elle comprend qu'il est prêt à tout.

Instinctivement, elle lève les bras pour parer une attaque.

Mais Jeff Croll ne porte pas la main sur Alice. Immobile, il la regarde fixement avec, dans les yeux, une expression de haine qu'il ne tente pas de dissimuler. Les traits crispés, il est replié sur lui-même comme un animal qui s'apprête à bondir sur sa proie.

Alice se rend compte que si elle ne lui remet pas les documents qu'il réclame, il n'hésitera pas à user de la force pour se les procurer. La jeune fille doit agir vite. Si au moins elle parvenait à attraper le téléphone...

L'espace d'un éclair, elle jette un regard en direction du combiné. Jeff Croll devine aussitôt qu'elle compte mettre sa menace à exécution. Les lèvres de l'homme s'étirent en un sourire grimaçant.

— Pas question d'appeler la police, ma jolie ! N'y pense même pas !

Il fait un bond vers Alice, mais elle est plus rapide que lui. Au moment où il veut l'empoigner, elle fait un écart pour l'éviter et se jette derrière la table. D'un geste vif, elle attrape l'appareil.

Lorsque Jeff Croll comprend qu'Alice ne se laissera pas intimider, il change d'attitude. Maintenant, c'est la peur qui se lit sur son visage.

— S'il vous plaît, ne téléphonez pas ! supplie-t-il d'une voix presque enfantine et soudainement respectueuse. Je vous promets de partir...

Alice hésite un instant, ne sachant que faire. En fait, elle ne souhaite pas mettre la police au courant car, même si l'accusation de Jeff Croll est de toute évidence infondée, cette histoire risquerait de ternir la réputation de son père.

— C'est bon, finit-elle par déclarer sans lâcher le récepteur. Partez ! Si jamais je vous vois rôder autour de la maison, j'appelle le commissariat.

À toute vitesse, Jeff Croll saisit son chapeau, qu'il a posé sur le bureau de James Roy, et fait demi-tour. Alice le suit des yeux jusqu'à ce qu'il ait atteint la porte de la maison ; elle surveille ses moindres faits et gestes, car elle craint un dernier mauvais coup.

Sur le seuil, l'homme se retourne.

— Ne croyez pas vous en tirer à si bon compte ! Je récupèrerai ce qui m'appartient ! Vous pouvez dire ça à votre père de ma part !

Sur ces mots, il dévale les marches du perron et disparaît. Par la fenêtre du salon, Alice l'observe s'éloigner.

« J'aurais dû appeler la police. Comment ose-t-il parler comme ça de papa ? »

Alice est inquiète. Elle redoute que Jeff Croll ne répande de fausses rumeurs sur son père. James Roy s'est forgé une solide réputation dans son métier, mais ses qualités d'avocat ne lui valent pas que des amis. Ceux qui ont perdu des procès contre lui sont prêts à sauter sur la moindre occasion pour égratigner sa renommée.

Alice est fille unique ; plein d'indulgence pour elle, son père a su la choyer sans trop la gâter. Très jolie, avec son teint clair, ses yeux bleus au regard franc et rieur, ses cheveux bouclés, la jeune fille attire la sympathie : ses amis disent qu'elle est aussi intelligente que belle.

Depuis quelques années, Alice s'occupe de la maison de son père et s'intéresse à ses affaires, en particulier à celles qui relèvent d'énigmes policières. Souvent, il l'invite à participer aux entretiens qu'il mène avec des détectives de métier et juge qu'elle a un « flair » exceptionnel.

La jeune fille a déjà élucidé quelques mystères qui auraient déconcerté plus d'un commissaire de police. Mais depuis quelque temps, pas la moindre aventure n'est venue pimenter sa vie et Alice s'ennuie ferme ; elle est impatiente de mettre de nouveau ses talents à l'épreuve.

Alors qu'elle s'éloigne de la fenêtre, elle a le pressentiment que Jeff Croll va bientôt lui donner du fil à tordre.

« Si je ne l'avais pas menacé d'appeler la police, il se serait jeté sur moi, se dit-elle. Cet homme manigance quelque chose de louche, c'est sûr. Vivement que papa soit là, pour qu'il puisse m'en dire un peu plus. »

Petit à petit, Alice tente de se calmer. Mais malgré tous ses efforts, elle n'arrive pas à détourner son esprit de Jeff Croll. Son après-midi est gâché. Elle essaie de reprendre son livre mais il lui tombe des mains

« Ce n'est pas la peine, soupire-t-elle. Je n'y arriverai pas. Si au moins j'avais quelqu'un pour me tenir compagnie. Cette maison vide commence à me porter sur les nerfs. »

 16

Alice jette un coup d'œil à la pendule. Seize heures ! Encore une heure avant le retour de Sarah ! Quant à son père, il ne faut pas compter sur lui avant la fin de soirée. La jeune fille range son livre et se rend dans le bureau de l'avocat.

« Si j'ai bien compris, Jeff Croll cherchait un acte notarié, se dit-elle. Si ce document est ici, je ferais mieux de le chercher et de le mettre dans le coffre ; ce serait plus prudent. »

Elle s'assied dans le fauteuil de son père, ouvre un tiroir et commence à chercher dans les dossiers. À ce moment, la sonnette d'entrée retentit. Qui est-ce ? Encore ce Jeff Croll ?

Alice repousse le tiroir et donne un tour de clef. Puis, d'un pas résolu, elle se dirige vers la porte.

chapitre 2

Précieux renseignements

Alice ouvre la lourde porte de chêne, certaine de voir apparaître Jeff Croll. Mais son inquiétude laisse place à un grand soulagement.

— Bess et Marion ! s'écrie-t-elle toute joyeuse. Vous m'avez fait une de ces peurs !

— Ça ne m'étonne pas, la nouvelle coiffure de Bess est abominable ! plaisante Marion.

— Tu as vu la tienne ? réplique Bess. Tu n'as pratiquement plus rien sur la tête à force de tenter des coupes toujours plus courtes !

Alice s'amuse des chamailleries de ses deux amies. Bess et Marion Taylor sont cousines. La première est aussi blonde et rondelette que la seconde est brune et svelte. Alice les connaît depuis des années et ne se lasse pas de leur compagnie.

— Venez au salon, dit Alice. Ça fait des semaines que je ne vous ai pas vues. Où est-ce que vous étiez passées ?

— On était chez une amie de ma mère, qui a un ranch au Texas, répond Marion. On a appris à monter à cheval et Bess a même essayé de traire une vache. Mais on ne peut pas dire qu'elle soit très douée !

— C'est ça, moque-toi de moi, mademoiselle casse-cou ! s'indigne Bess. Tu te rends compte, Alice, j'ai été obligée de la retenir à deux mains pour l'empêcher de faire du rodéo !

— Je suis sûre que ça m'aurait plu ! s'exclame Marion tout sourire. Bon, et toi Alice, dans quelle aventure trépidante est-ce que tu es lancée ?

— Eh bien, figurez-vous qu'il ne s'est absolument rien passé depuis que vous êtes parties, répond Alice en riant.

Mais son sourire s'efface aussitôt et elle regarde ses amies d'un air grave.

— Enfin, jusqu'à cet après-midi en tout cas. Il m'est arrivé quelque chose d'étrange il y a quelques minutes à peine.

— Je me doutais bien que tu ne pourrais pas tenir en place bien longtemps, l'interrompt Marion. Raconte-nous vite !

— Un inconnu a sonné à la porte et a

demandé à voir mon père. Il n'a pas voulu me croire quand je lui ai répondu qu'il était absent pour la journée. Il m'a parlé pendant je ne sais pas combien de temps de « ses droits sur des parcelles de terrain le long de la rivière », et je n'ai pas compris un seul mot à son histoire. Il disait qu'il était victime d'une machination. Si je ne l'avais pas menacé d'appeler la police, il aurait fouillé tous les tiroirs de mon père.

— Tu as une idée de qui c'était ? demande Bess.

— C'est la première fois que je le voyais, mais il a dit qu'il s'appelait Jeff Croll.

— Jeff Croll ? s'étonne Marion.

— Oui. Tu le connais ?

— Pas vraiment. Mais il me semble que mes parents ont eu quelques problèmes avec lui. Il voulait absolument leur acheter un terrain qu'ils possèdent près de Hilltop. Il leur proposait une somme ridicule. Mes parents ont refusé, bien sûr, et il les a traités de tous les noms. Apparemment, il a la réputation d'être malhonnête et avare. Une vraie plaie !

— Tiens, c'est étrange... Il prétend justement que mon père l'a escroqué dans une affaire de vente de terrain.

Marion se met à rire.

— D'après le peu que je sais de Jeff Croll,

je pense que c'est plutôt lui qui cherche à escroquer ton père. Tu sais de quel terrain il voulait parler ?

— Je sais seulement qu'il est situé en bordure d'une rivière.

— Alors je crois que je sais quel est son problème. La dernière fois que mes parents sont allés à Hilltop, ils sont tombés sur Jeff Croll au bureau de poste. Ils m'ont raconté qu'il était dans tous ses états et qu'il racontait à qui voulait l'entendre qu'on l'avait honteusement exproprié d'un de ses terrains pour construire un nouveau pont de chemin de fer, mais qu'il n'allait pas se laisser faire.

— Et ce pont passe bien sur le terrain de Croll ? demande Alice.

— Après le départ de Jeff Croll, mes parents ont demandé des détails à l'agent du bureau de poste. Il leur a dit que cet excité avait vendu une bande de terrain de chaque côté de la rivière, et que dès que le pont avait été terminé, il avait déposé une plainte sous prétexte que la Compagnie des chemins de fer avait empiété sur les champs qu'il avait conservés !

— Pourquoi est-ce qu'il n'a pas protesté avant que les travaux soient finis ? s'étonne Bess.

— Comment veux-tu que je le sache ? Généralement, les relevés de terrain sont faits avec le plus grand soin. À mon avis, le problème, c'est surtout que Jeff Croll n'a pas toute sa tête.

— Tu veux dire qu'il serait..., dit Alice.

— Je ne dirais pas qu'il est fou, mais il est complètement obsédé par l'argent, répond Marion. Il s'imagine toujours qu'on cherche à l'escroquer. Le guichetier de la poste a même dit à mes parents que, quand les travaux ont commencé, il a failli avoir une crise cardiaque. Il a été jusqu'à menacer de faire sauter le pont si la compagnie ne lui versait pas la somme qu'il exigeait.

— Ce type est un véritable danger public ! s'écrie Bess.

— Je suis bien d'accord avec toi, renchérit Marion. Bien sûr, en menaçant de faire sauter le pont ; il cherchait juste à attirer l'attention, mais ça reste quand même inquiétant.

— Ça ne m'étonne pas de lui, dit Alice. Vu la manière dont il s'est comporté cet après-midi. En tout cas, il vaudrait mieux le garder à l'œil.

Les deux cousines approuvent de la tête.

— Tu comptes en parler à ton père, j'espère ? demande Bess.

— Dès ce soir.

Les jeunes filles bavardent quelques minutes, puis Bess et Marion se lèvent pour partir. Elles doivent justement se rendre du côté de Hilltop, où les parents de Marion les attendent pour dîner au restaurant.

— J'ai bien envie de vous accompagner un bout de chemin et de revenir ensuite à pied. Papa va rentrer tard dans la soirée et je m'ennuie dans cette maison vide. Et puis ça me fera du bien de marcher un peu

— Oh ! Oui, viens avec nous, répondent les cousines, tout heureuses.

— Alors, attendez-moi une seconde, je vais mettre des chaussures de marche et je reviens.

Alice sort de la pièce pour réapparaître presque aussitôt. Avant de partir avec ses deux amies, elle prend soin de verrouiller les portes et de fermer les fenêtres.

— Qu'est-ce que tu penses de ma nouvelle voiture ? demande Bess en s'arrêtant devant une jolie petite citadine rouge rangée le long du trottoir.

— Elle est très jolie, répond Alice. Elle est tout à fait assortie à ta coiffure !

— Bon, ça suffit avec ça maintenant ! s'écrie Bess. Un mot de plus et je vous laisse ici toutes les deux !

Alice et Marion éclatent de rire.

Le trois amies montent dans la voiture et Bess démarre.

chapitre 3

Nouvelle visite de Jeff Croll

Il est près de six heures lorsque Alice revient chez elle après sa longue promenade à pied. Elle dîne en compagnie de Sarah, puis attend avec une vive impatience l'arrivée de son père. Enfin, elle entend un bruit de pas sur le perron et court ouvrir.

— Bonsoir, ma chérie, tu as passé une bonne journée ? demande James Roy en posant son attaché-case sur la table. Pas de problème ?

— Oh ! Papa, un bonhomme affreux est venu te voir.

Alice fait à son père le récit de la visite mouvementée de Jeff Croll. Il l'écoute avec attention, sans l'interrompre.

— Alors comme ça, il est venu te faire son petit numéro ! Je suis désolé que tu aies eu à subir ça. La prochaine fois, ne le laisse entrer sous aucun prétexte.

— Rassure-moi, papa, il m'a raconté n'importe quoi, pas vrai ? Tu ne lui dois pas d'argent ?

— Pas un sou, Alice.

— C'est bien ce que je pensais. Mais alors, pourquoi est-ce qu'il fait autant d'histoires ?

— Parce que ça lui plaît, sans doute. En fait, il y a quelque temps, le gouvernement a donné son feu vert pour les travaux prévus par la Compagnie des chemins de fer, et il a fallu procéder à plusieurs expropriations. Je faisais partie de la commission chargée de fixer les indemnités qui devraient être versées à chaque propriétaire qui allait céder son terrain, et j'ai défendu les intérêts de Croll – qui a été largement payé. Au début, il a paru très satisfait du marché conclu, puis, quand le pont a été construit, il a commencé à réclamer de nouveaux dédommagements, en prétextant qu'on avait empiété sur ses terres, que la construction du pont les avait fait perdre de leur valeur, et tout un tas d'autres mensonges. Je n'ai pas fait très attention à ses exigences, tellement elles étaient ridicules. Mais Croll est un véritable rapace.

— Il a lancé des menaces, papa. Il paraît

qu'il raconte qu'il fera sauter le pont un de ces jours.

— Un homme équilibré n'irait pas crier des choses pareilles sur les toits, dit James Roy en fronçant les sourcils. Je vais le tenir à l'œil.

— Sois prudent, papa, s'il te plaît ! supplie la jeune fille, inquiète. Je suis sûre qu'il veut se venger de toi.

— Mais oui, je serai prudent, promet James Roy avec un sourire. Ne t'inquiète pas, Jeff Croll ne me fait pas peur, je sais comment agir avec ce genre d'individu. J'avoue que ce qui m'ennuie, c'est la manière dont il s'est comporté aujourd'hui avec toi ! Si jamais il cherche à s'attaquer à toi...

— Bah, ça m'étonnerait que je le revoie un jour, dit Alice d'un ton détaché.

Mais au moment où elle prononce ces mots, son regard se porte vers la fenêtre et ses pupilles se dilatent d'effroi.

— Oh ! crie-t-elle. Il y a quelqu'un dehors, là ! J'ai vu son visage. C'est Jeff Croll !

— Allons, calme-toi ! Tu as dû te tromper... proteste James Roy en se tournant dans la direction que lui indique sa fille.

— Non, je suis sûre de ce que je dis, papa. Écoute ! Il y a quelqu'un sur le perron.

Au même instant, on entend frapper violemment à la porte.

— N'y va pas ! chuchote la jeune fille. Je sais que c'est lui et j'ai peur qu'il ne te veuille du mal. Il est peut-être armé !

— Il vaut mieux que je le voie, Alice, et que nous réglions cette affaire une bonne fois pour toutes. Je ne veux pas qu'il continue à rôder par ici.

D'un pas très calme, James Roy se dirige vers la porte d'entrée et l'ouvre d'un geste brusque.

— Encore vous ! s'écrie James Roy. Qu'est-ce que vous voulez ?

— Vous savez très bien pourquoi je suis ici et ce que je veux.

— Il y a une grosse différence entre ce que vous voulez et ce que vous aurez ! Entrez. J'ai deux mots à vous dire !

James Roy le conduit au salon mais ne lui propose pas de s'asseoir. Il regarde l'homme droit dans les yeux et celui-ci baisse la tête.

— Expliquez-moi un peu ce que signifie votre attitude à l'égard de ma fille ? demande sèchement James Roy.

— Je suis venu réclamer mon dû.

— Écoutez-moi bien. Si jamais vous venez encore importuner ma fille, je porte plainte. C'est compris ?

— J'exige ce qui me revient.

— Ce qui vous revient ? On peut savoir ce que vous entendez par « ce qui vous revient » ? Vous avez reçu plus que vous ne méritiez.

— Vous m'avez roulé dans la farine ! Mon terrain valait dix fois ce qu'on me l'a payé. Je veux que vous annuliez mon contrat ou que vous me versiez immédiatement ce que je demande.

— C'est donc ce fameux contrat que vous cherchiez quand vous avez osé fouiller dans mon bureau cet après-midi ? demande James Roy d'un ton dur. Dans ce cas, laissez-moi vous dire que cela ne vous servirait à rien de le reprendre.

— Qu'est-ce que vous voulez dire par là ?

— Il a été enregistré au greffe et on en a fait une photocopie.

— Alors, j'exige que vous me dédommagiez.

— Vous êtes fou à lier, dit James Roy, qui commence à perdre patience. La commission vous a indemnisé et à un prix exorbitant en plus ! Si la Compagnie des chemins de fer n'avait pas eu besoin de votre parcelle, vous n'en auriez pas tiré un centime. La compagnie aurait très bien pu faire construire ce fameux pont un peu plus au sud sans que cela lui coûte quoi que ce soit. Vous pouvez déjà vous estimer heureux !

— Le pont a endommagé le reste de mon terrain.

— Endommagé ? demande M. Roy, qui ne peut s'empêcher de sourire. Et comment ça ?

— Eh bien..., dit Jeff Croll en bégayant.

Puis se ressaisissant, il dit :

— Les trains effraient mes chevaux.

— Combien de chevaux avez-vous au jsute ?

— Euh... euh... un.

— Oh ! je vois, vous avez un « chevaux » ?

Le sourire de James Roy s'élargit, tandis qu'Alice réprime une folle envie de rire.

— Je vous conseille de me prendre au sérieux ! gronde Jeff Croll.

— Je ne me moque pas de vous, monsieur Croll. Je cherche simplement à vous faire entendre raison. Si je me souviens bien, le cheval dont vous parlez est tellement vieux qu'il ne doit même pas s'apercevoir qu'un train passe à côté de lui. Et puis je vous rappelle que ce n'est pas avec moi que vous avez un litige, mais avec la Compagnie des chemins de fer.

— C'est vous qui avez établi ce contrat de voleur.

— J'ai agi en qualité d'arbitre.

— Peu importe. Tout ce que je sais, c'est que vous et vos filous d'amis cherchez à me voler.

— Je ne sais pas qui a pu vous mettre une idée pareille dans la tête. La commission est composée de gens parfaitement intègres. Vos prétentions sont aberrantes ! En ce qui me concerne, l'affaire est close !

— Certainement pas ! C'est moi qui vous le dis. On m'a volé de plus de dix mille dollars.

James Roy a un rire bref.

— Ce n'est pas la peine de continuer cette discussion. Vous essayez de me faire chanter et je peux vous assurer que vous êtes venu frapper à la mauvaise porte. Ce genre de manœuvre ne prend pas avec moi.

— Si vous ne me donnez pas mon argent, je vais...

— Pas de menaces ! coupe James Roy. Et maintenant, sortez d'ici !

— Donnez-moi mon argent !

— Il n'en est pas question.

L'homme serre les poings, ses traits se déforment sous l'effet de la fureur. Alice, prise de peur, craint qu'il ne se jette sur son père. Mais James Roy reste impassible et Jeff Croll, beaucoup moins courageux qu'il ne veut le faire croire, bat en retraite. Il préfère parvenir à ses fins par des méthodes plus sournoises, sans doute.

Il se dirige vers la porte. En l'atteignant, il se retourne vers James Roy.

— Faites attention, monsieur Roy ! menace-t-il. Si je ne récupère pas l'argent qui m'est dû, vous vous en mordrez les doigts, vous et votre fille.

Sur ces derniers mots, il claque la porte et disparaît dans la nuit.

— Qu'est-ce qu'il a voulu dire ? demande Alice sitôt la porte refermée. J'ai peur qu'il fasse quelque chose de grave... il est capable de faire sauter le pont !

— Ça m'étonnerait qu'il fasse une chose pareille. Jeff Croll parle beaucoup mais son courage s'arrête là.

— Mais il peut te jouer un mauvais tour. Tu as bien vu qu'il avait de mauvaises intentions.

— Tu as raison sur ce point. Il a une idée fixe et rien ne pourra l'en faire démordre.

— Papa ! Je crains vraiment qu'il cherche à te faire du mal.

— Je n'ai pas peur de lui, Alice.

— Je le sais et ça ne me rassure pas. Le fait qu'il n'ait pas toute sa tête en fait un ennemi d'autant plus dangereux. Promets-moi d'être prudent, s'il te plaît.

— Mais oui, ma chérie, je te le promets. Et maintenant, ne te fais plus de souci. Cette menace n'aura pas de suite, crois-moi.

James Roy prend sur la table le journal du soir et se plonge dans sa lecture aussi calmement que si rien ne s'était passé. Alice ne parvient pas à imiter l'exemple de son père. Elle se tourmente à la pensée que celui-ci ne prenne pas cette affaire suffisamment au sérieux.

« Pourvu qu'il se tienne sur ses gardes ! » pense-t-elle.

chapitre 4

Curieux incidents

Les jours passent. Au grand soulagement d'Alice, Jeff Croll ne donne plus signe de vie. Après tout, ses menaces n'étaient sans doute qu'une tentative d'intimidation, rien de plus. Elle a eu tort de les prendre au sérieux. La jeune fille ne tarde pas à oublier le visiteur indélicat et dirige ses pensées vers des horizons plus souriants. Pauvre Alice, elle ignore quelle vengeance ce sinistre individu trame dans l'ombre...

— J'ai envie d'aller voir Mme Travers cet après-midi, dit un jour la jeune détective à son père pendant le petit déjeuner. Ça fait des mois que je ne l'ai pas vue.

— Excellente idée, mais essaie de rentrer avant qu'il fasse nuit.

— Oui, ne t'inquiète pas. Je n'en ai que pour deux ou trois heures.

Le repas terminé, Alice sort son cabriolet bleu du garage et prend la direction de la ville où habite sa vieille amie, à plusieurs kilomètres de River City.

En approchant de la maison, elle retrouve avec plaisir les murs peints en blanc et les volets vert lumineux. Un muret de ciment remplace depuis peu la vieille clôture ; la cour est entretenue avec goût et, derrière la villa, un homme travaille dans le jardin potager.

« Pourvu que Lise soit là ! » se dit Alice en garant sa voiture dans l'allée.

Elle se dirige vers le perron et frappe à la porte. Une vieille dame en robe de soie noire apparaît sur le seuil. C'est Lise Travers. Son visage s'épanouit en un radieux sourire dès qu'elle aperçoit la jeune visiteuse.

— Oh ! Alice ! Quelle joie de te revoir ! s'écrie-t-elle. Entre vite t'asseoir au salon !

— Comment va votre hanche ces jours-ci ? demande la jeune fille en suivant son hôtesse.

— Je n'ai plus mal du tout depuis deux mois. Je boite encore un peu, mais le médecin m'a assuré que je marcherai bientôt comme avant.

— En tout cas, vous avez l'air d'aller mille

— Provenant de quelle pièce ?

— On ne sait pas exactement. De toutes les parties de la maison...

— Vous êtes sûres que ce ne sont pas des souris ?

— Oh ! Quelle horreur, des souris !

À ce seul mot, Rosemary réprime un frisson de dégoût.

— Nous ne supportons pas les rongeurs. Il n'y en a pas un seul chez nous parce que nous leur livrons une chasse sans merci ! Aux mouches aussi, d'ailleurs : il y a une moustiquaire métallique à chaque fenêtre.

— Parlez-lui des ombres..., conseille Lise Travers à son amie.

— Nous voyons des ombres sur les murs, reprend Rosemary.

Une note d'angoisse vibre dans sa voix.

— Quel genre d'ombres ?

— Floretta a cru voir une silhouette humaine. Elle pense que la maison est hantée. Quant à moi, même si je ne partage pas son avis, je dois admettre que je commence à être à bout de nerfs.

— Comment ne pas l'être ? dit Alice compréhensive.

— La semaine dernière, une nuit, j'ai entendu quelqu'un jouer d'un instrument à

41

cordes ! Ma pauvre sœur n'arrête pas de répéter que si ça continue, elle va devenir folle. Elle ne voulait même pas que je sorte quelques heures cet après-midi ! Et en plus, elle essaie de me convaincre de vendre la maison.

— Vous feriez ça ?

— Le Manoir est dans notre famille depuis des générations et vous vous doutez bien que je n'ai aucune envie de le laisser à des inconnus. Moi, je ne crois pas aux histoires de fantômes. Ce n'est pas possible que la maison soit hantée.

— Parlez-lui de la cuillère ! intervient de nouveau Lise.

— Oh ! Il n'y a pas grand-chose à raconter... Un matin, nous nous sommes aperçues qu'il nous manquait une cuillère en argent.

— Vous ne l'aviez pas rangée ailleurs ? demande la jeune fille.

— Nous avons cherché partout et nous l'aurions certainement oubliée si nous ne nous étions pas aperçues, quelques jours plus tard, de la disparition d'un de nos miroirs... Et pas plus tard qu'hier matin, impossible de retrouver mon porte-monnaie.

— Ça devient sérieux. Est-ce qu'il y avait beaucoup d'argent à l'intérieur ?

— Non, seulement quelques pièces.

— Est-ce que vous avez une femme de ménage ?

— Non, ma sœur et moi nous nous débrouillons seules depuis des années. Sauf quand, de temps en temps, un jardinier vient s'occuper du jardin.

— Vous le connaissez bien ?

— Ça fait huit ans qu'il travaille pour nous. C'est un homme d'une honnêteté irréprochable. Il ne lui viendrait à jamais l'idée de nous voler quoi que ce soit.

— Est-ce que vous avez aperçu des rôdeurs dans les parages de votre maison ? demande la jeune fille.

— Non, personne... Personne ne vient par ici, à part le petit livreur de journaux, et il n'y a pas plus gentil que lui.

— Vous êtes sûre qu'il n'aurait pas pu entrer chez vous par une fenêtre et prendre les objets en question ? s'enquiert Alice.

— Rien n'a jamais disparu aux heures où ce garçon passe chez nous. Et de toute manière, il y a un grillage sur chaque fenêtre. D'ailleurs, il faut que je vous avoue que nous sommes un peu maniaques et nous faisons toujours attention à bien fermer portes et fenêtres.

— Donc mon hypothèse ne vaut rien, dit Alice en fronçant les sourcils.

— Et elle n'expliquerait pas non plus les ombres mystérieuses que l'on voit sur les murs au crépuscule, ajoute Rosemary.

— En effet.

— En fait, ce sont ces ombres qui m'inquiètent le plus. J'en suis arrivée au point où je n'ose plus m'endormir. Où est-ce que cela va nous mener ? Floretta a déclaré qu'elle ne voulait pas rester une semaine de plus dans notre maison si la situation ne changeait pas. Je ne peux pas la blâmer. Oh ! Si seulement on pouvait faire quelque chose avant qu'il ne soit trop tard !

— Calmez-vous, Rosemary ! Alice, est-ce que vous voyez un moyen d'aider mon amie ? demande Lise Travers.

— Oh oui ! S'il vous plaît ! implore la vieille dame, manifestement à bout de nerfs.

— Je ne peux pas vous promettre de régler vos problèmes, dit Alice. Mais votre histoire m'intéresse énormément et j'aimerais visiter votre manoir.

— Quand est-ce que vous pouvez venir ? demande aussitôt Rosemary. Le plus tôt sera le mieux.

Alice regarde sa montre.

— J'ai ma voiture. Si vous voulez, je peux

vous ramener chez vous tout de suite et en profiter pour explorer un peu les lieux.

— Ma sœur sera tellement contente ! Je voudrais vraiment garder cette maison. Je suis certaine que vous parviendrez à nous tirer de nos ennuis.

— Je ferai tout mon possible en tout cas, dit Alice, avec un sourire.

Elle se lève de son fauteuil en ajoutant :

— Mais je crains que ça ne soit pas facile de mettre votre fantôme hors d'état de nuire.

chapitre 5

Le fantôme se manifeste de nouveau

Alice dit au revoir à sa vieille amie et, après avoir promis de revenir bientôt, elle part en compagnie de Rosemary MacLeod.

— C'est vraiment gentil de me ramener, dit celle-ci en montant dans le cabriolet. Je suis venue en bus et on y est un peu secoué. Et puis Floretta va être contente de me voir rentrer plus tôt que prévu.

— Votre sœur s'inquiète facilement à ce que je vois.

— Oui. Le moindre événement la met dans tous ses états. Pour rien au monde, elle ne voudrait rester seule la nuit au Manoir.

— Après ce que vous m'avez raconté, ça ne m'étonne pas.

— C'est vrai que ces ombres ont quelque chose d'inquiétant, dit Rosemary en frissonnant.

Alice voit bien que, d'ordinaire, Rosemary MacLeod ne doit pas être le genre de femme à se laisser intimider. La jeune fille a de plus en plus envie de visiter la vieille maison de pierre, car elle a le pressentiment qu'une nouvelle aventure se prépare enfin.

— À qui d'autre avez vous parlé de ces étranges incidents ? demande-t-elle.

— Au commissaire de police et il s'est contenté de hausser les épaules comme si ce n'était qu'une vague plaisanterie. Et aujourd'hui, j'ai tout raconté à Lise Travers. Personne d'autre n'est au courant. J'ai pensé que si la seule solution qui nous restait était de nous séparer de la maison, il valait mieux ne pas propager cette rumeur qui la rendrait très difficile à vendre.

— Vous avez eu raison, répond Alice. Mais vous n'avez pas réellement l'intention de partir, tout de même ?

— Non... à moins d'y être vraiment obligées.

Alice roule à vive allure, car l'heure avance et elle craint de ne pas être de retour chez elle avant la tombée de la nuit, comme le lui a demandé son père. Quand elle atteint Hilltop, c'est déjà la fin de l'après-midi.

Rosemary lui indique le chemin de sa maison. Celle-ci est située à l'écart, dans un des faubourgs de la ville. Alice peut l'entrevoir à travers les érables et le grand chêne qui la cachent en partie. La jeune fille a un sursaut en apercevant les deux hautes tours de la demeure, qui lui donnent l'aspect d'un château d'un autre âge.

C'est une construction massive, en pierre blanche, que les années ont noircie et qui s'effrite par endroits. Au siècle dernier, elle méritait certainement son nom de « Manoir », mais aujourd'hui, il ne lui reste plus que le souvenir de sa gloire d'autrefois.

En remontant l'allée qui conduit à l'énorme bâtisse, Alice remarque les ombres que les arbres, balancés par la brise, découpent sur les murs de pierre.

« Cet endroit me donne la chair de poule, songe-t-elle. Mlle MacLeod a bien raison de dire que c'est le lieu rêvé pour un fantôme. »

Alice n'est pas superstitieuse, mais l'ambiance de ce lieu joue sur son imagination. Rosemary MacLeod éprouve sans doute la même chose, car elle lève les yeux vers le deuxième étage.

— Tiens, je ne vois pas de lumière dans la

chambre de Floretta, remarque-t-elle. Pourvu qu'il ne lui soit rien arrivé en mon absence !

Alice arrête sa voiture devant la maison et Rosemary MacLeod en descend aussitôt.

— Vous entrez, j'espère..., demande-t-elle avec une lueur d'espoir dans le regard.

Alice marque une légère hésitation :

— C'est ce dont j'avais l'intention, mais il commence à se faire tard et j'ai promis à mon père de rentrer avant la tombée de la nuit.

— River City est tout près d'ici. Floretta sera très déçue si vous n'entrez pas au moins quelques minutes. Et puis, j'aimerais que vous entendiez sa version des faits.

— Oui, moi aussi, dit Alice en coupant le contact. Tant pis, je serai un peu en retard. Papa comprendra.

Rosemary introduit sa clef dans la serrure et le lourd battant tourne sur ses gonds.

— Depuis ces incidents, nous préférons verrouiller la porte en permanence, explique la vieille demoiselle.

L'intérieur du Manoir témoigne lui aussi de sa splendeur passée. Les pièces sont immenses, en particulier le salon, meublé dans le style colonial. Aux murs, de grands portraits dans des cadres dorés représentent à l'évidence les ancêtres des deux sœurs.

En contemplant ces tableaux, Alice se rappelle que, dans le temps, les MacLeod étaient en quelque sorte les seigneurs de Hilltop. Malheureusement, la famille a connu de grosses difficultés et s'éteindra avec Rosemary et Floretta. Il ne reste pratiquement plus rien d'une fortune autrefois colossale et les deux sœurs ont tout juste de quoi joindre les deux bouts.

— C'est mon arrière-arrière-grand-père, dit Rosemary en désignant un tableau qui a attiré l'attention d'Alice. C'était un homme très courageux. S'il vivait encore, aucun fantôme ne se permettrait de hanter cette maison !

Et la vieille demoiselle a un faible sourire.

Alice ne répond pas parce qu'au même moment, une dame frêle et âgée descend précipitamment l'escalier. Elle ressemble beaucoup à Rosemary, même si elle n'a pas son menton volontaire. Très agitée, la nouvelle arrivante ne s'aperçoit pas tout de suite de la présence d'Alice.

— Oh ! Rosemary, dit-elle, pourquoi est-ce que tu m'as laissée seule ici ? Je savais bien qu'il arriverait quelque chose de terrible.

— Qu'est-ce qui s'est passé ? demande Rosemary d'une voix tremblante.

— Ma broche de diamant ! Elle a disparu !

— Quoi ? Tu en es sûre ? Tu l'as peut-être rangée à un endroit inhabituel.

— Non, non, non ! J'ai cherché partout. Je ne sais plus quoi faire ! Je suis à bout !

En parlant, Floretta se retourne et voit Alice. Elle fait un gros effort pour se ressaisir.

— Excusez-moi, dit-elle, gênée de s'être laissée surprendre en plein accès de désespoir.

Rosemary présente Alice à sa sœur et lui explique que la jeune fille a accepté de les aider à résoudre le mystère qui plane sur leur Manoir.

— Vous tombez bien ! dit Floretta. Si seulement vous pouviez retrouver ma broche ! C'est un souvenir de famille et j'y tiens comme à la prunelle de mes yeux.

— À quel moment avez-vous remarqué qu'elle avait disparu ?

— Cet après-midi. J'étais dans ma chambre en train de polir la monture du diamant quand j'ai entendu la sonnette d'entrée. J'ai posé ma broche sur la coiffeuse et je me suis dépêchée d'aller répondre à la porte.

— Vous êtes restée longtemps en bas ? demande la jeune fille.

— Dix minutes au plus. C'était une dame qui s'était égarée dans le coin et demandait la direction de l'autoroute. Quand je suis remontée, la broche n'était plus sur la coiffeuse.

— Vous êtes sûre qu'elle n'a pas glissé sur le plancher, ou derrière le meuble ?

— Non, j'ai regardé partout !

Et Floretta se laisse tomber sur une chaise. Elle enfouit sa tête dans ses mains.

— Je n'en peux plus !

Rosemary s'approche de sa sœur et tente de la consoler.

— Nous retrouverons ta broche, Floretta. Allez, ne désespère pas.

Elle essaie de paraître sûre d'elle, mais ne peut s'empêcher de jeter vers Alice un regard désemparé.

— Peut-être qu'un oiseau est entré dans la pièce et a pris la broche ? suggère Alice.

— C'est impossible, dit Floretta. Vous voulez voir ma chambre ?

Alice acquiesce et toutes trois montent l'escalier en colimaçon. La chambre de Floretta est située dans l'aile est du Manoir.

— On est au dernier étage ? demande Alice.

— Il y a un grenier au-dessus, répond Rosemary.

Et d'une voix faible, elle ajoute :

— Mais il n'y a aucun fantôme là-haut. Je suis allée vérifier.

La chambre de Floretta est très petite. Il n'y

a qu'une porte, qui donne sur le couloir. Ses deux fenêtres sont grillagées.

— C'est ici que j'ai posé la broche..., dit Floretta en désignant la coiffeuse. Vous voyez bien qu'un oiseau ne peut pas entrer dans ma chambre.

— En effet, dit Alice avec calme.

Elle traverse la pièce et examine les moustiquaires métalliques avec soin. Elles ne paraissent pas avoir été manipulées : il n'y a aucune trace de doigts dans la poussière.

— Quelqu'un est entré pendant que j'indiquais sa route à la conductrice ! Je ne resterai pas une nuit de plus dans cette maison !

— Dites-moi, Floretta, est-ce que l'escalier est visible depuis la porte d'entrée ? demande la jeune fille.

— Certainement, mais je ne regardais pas dans cette direction.

— Donc vous n'avez vu personne monter ?

— Personne.

— Et si quelqu'un avait gravi cet escalier, vous l'auriez tout de même entendu, non ?

— Je pense que oui, dit Floretta. L'escalier est vieux et les marches craquent.

— Alors par où est-ce que le voleur a bien pu entrer ? s'écrie Rosemary, une pointe d'an-

54

goisse dans la voix. La broche de Floretta ne s'est tout de même pas envolée !

— J'aimerais bien pouvoir vous aider, dit Alice. Je suis aussi déconcertée que vous.

Tout en parlant, elle se retourne et remarque pour la première fois un grand placard.

— Est-ce que vous pensez qu'un voleur aurait pu s'introduire dans la maison dès le matin, puis se cacher dans ce meuble ?

Floretta devine la pensée d'Alice et une lueur d'effroi passe dans son regard.

— Oh ! Vous n'êtes pas en train de dire qu'on nous épiait ? demande-t-elle avec horreur. Je n'ai pas pensé à ce placard ! Il y a peut-être quelqu'un dedans ?

Rosemary a un rire nerveux.

— Enfin, Floretta, ne dis pas n'importe quoi.

Elle regarde pourtant la porte avec inquiétude, sans pouvoir se décider à l'ouvrir.

— Il vaut mieux s'en assurer tout de suite, dit Alice.

Et d'un pas ferme, elle traverse la pièce. Arrivée devant le meuble, elle marque une légère hésitation, puis tourne la poignée.

chapitre 6

Au seuil d'une nouvelle aventure

— Vide ! constate Alice en risquant un coup d'œil à l'intérieur.

Floretta, qui s'est accrochée au bras de sa sœur, relâche son étreinte, tout en continuant à promener un regard inquiet autour de la pièce comme si elle s'attendait à voir surgir le voleur.

— À mon avis, déclare la jeune fille, la police devrait se charger de cette affaire.

— Ce n'est même pas la peine d'appeler, répond Rosemary. Le commissaire va encore se moquer de nous. La dernière fois, il n'a pas cherché à envoyer la moindre équipe sur place.

— S'il vous plaît, mademoiselle Roy, implore Floretta, chargez-vous de cette affaire. Nous vous paierons !

— Mais je ne suis pas une vraie détective ! proteste la jeune fille embarrassée.

— Vous valez aussi bien qu'un professionnel. Nous avons beaucoup entendu parler de vous et de vos exploits dans ce domaine. Je suis sûre que vous pouvez nous aider.

— Dans ce cas, je vous promets de faire tout ce que je pourrai, mais je n'accepterai aucune rémunération.

— Nous ne pouvons tout de même pas vous demander de...

— Cette affaire m'intéresse beaucoup, l'interrompt la jeune fille. Je veux la résoudre... Mais ça risque d'être difficile vu que, pour l'instant, il n'y a aucun indice. Si je pouvais passer une ou deux nuits ici...

— Excellente idée ! dit Rosemary.

— Mais ce sera à vos risques et périls..., ajoute Floretta.

— Je vais en parler à mon père dès ce soir et lui demander la permission de venir m'installer quelque temps, promet Alice.

— Vous aurez du mal à nous contacter, prévient Floretta. Nous n'avons pas le téléphone.

— Ce n'est pas grave. Je vous enverrai un courrier. Mais je ne préciserai pas dans ma lettre la raison de ma venue. Ce sera plus prudent.

— Vous avez raison, acquiesce Rosemary. Floretta et moi, nous n'en parlerons à personne.

Alice jette un coup d'œil à sa montre.

— Il faut que je parte maintenant, sinon mon père va s'inquiéter.

Elle dit rapidement au revoir aux deux vieilles demoiselles et saute dans son cabriolet. En quelques minutes, elle atteint la route qui mène à River City.

« Ça y est, je le tiens mon mystère ! songe-t-elle en roulant à vive allure. Le Manoir est hanté c'est sûr... mais par un fantôme en chair et en os ! »

Alice espère que son père acceptera de la laisser passer plusieurs jours dans la vieille demeure. Ainsi, elle pourra l'inspecter de la cave au grenier. Elle découvrira bien un ou deux indices qui la mettront sur la bonne piste.

La nuit est déjà tombée quand Alice arrive chez elle. Elle gare sa voiture et se précipite vers la maison. Comme elle s'y attendait, son père est rentré depuis longtemps.

— Alice, je me suis fait un sang d'encre ! commence-t-il.

— Oh ! Papa, excuse-moi, dit Alice. Je n'ai pas pu revenir plus tôt. Si tu savais quel après-midi j'ai passé ! C'était génial !

— Oui, mais tes aventures mettent mes nerfs

à rude épreuve ! dit M. Roy d'un ton de reproche. J'ai eu peur que tu ne sois tombée en panne au bord de la route. Je m'apprêtais à partir à ta recherche.

— Excuse-moi, papa.

Alice a l'air tellement désolé que James Roy lui pardonne sur-le-champ.

— Allons, n'en parlons plus. Raconte-moi plutôt ce qui t'est arrivé.

— D'abord, j'ai rencontré deux adorables vieilles demoiselles. Un peu extravagantes, mais très gentilles !

— Et c'est ça que tu appelles une aventure ! s'exclame M. Roy en souriant.

— Non, non ! Attend, j'y viens. Ces vieilles dames habitent une maison hantée. Enfin, pas vraiment hantée, mais il s'y passe des choses étranges et elles m'ont demandé de tirer cela au clair.

Alice parle avec une telle rapidité que son père l'arrête :

— Pas si vite. Je ne comprends pas un mot à ce que tu me racontes. Tu me dis que tu as fait la connaissance de deux femmes qui vivent dans une maison hantée qui n'est pas hantée ? Autant que je sache, ça ne veut rien dire !

— Papa, tu ne pourrais pas arrêter deux minutes avec ta logique, soupire Alice.

Elle reprend le récit de son après-midi dans le détail. Son père l'écoute avec attention puis lui dit :

— J'ai déjà entendu parler des sœurs MacLeod. Le Manoir a été construit par un de leurs ancêtres, je crois.

— Si elles sont obligées de le vendre, elles ne s'en remettront pas. J'ai vraiment envie de les aider, tu sais. Elles m'ont invitée à passer quelques jours chez elles. Tu veux bien me laisser y aller ?

— Je ne sais pas trop quoi te répondre, Alice. D'après ce que je viens d'entendre, ça me paraît assez dangereux d'aller là-bas.

— Je ferai attention, papa. Et puis, il n'y aura pas plus de risque pour moi que pour les deux sœurs.

— Possible, mais toi, tu es ma fille...

— Si tu t'étais chargé de l'affaire, tu n'aurais pas hésité à aller passer une nuit là-bas, pas vrai ?

— C'est vrai, reconnaît James Roy.

— Et tu me répètes tout le temps que tu veux que je sois courageuse et décidée.

James Roy lève les mains au ciel dans un geste de résignation.

— C'est bon ! C'est bon ! Tu as gagné. Tu finis toujours par me convaincre !

61

— Je peux partir quand ?

— Laisse-moi réfléchir une seconde. Nous sommes lundi, reprend M. Roy en consultant son agenda. Je pars jeudi pour Chicago...

— Ah bon, tu vas à Chicago ?

— Oui, j'ai une affaire à régler là-bas. Ça s'est décidé cet après-midi. Je vais m'absenter une petite semaine.

Il lève sur Alice un regard interrogateur et ajoute :

— Tu ne veux pas m'accompagner ?

— Ce n'est pas l'envie qui m'en manque, mais ça m'empêcherait d'aller chez les sœurs MacLeod...

— Et tu préfères vraiment t'occuper de ce Manoir hanté ?

— Oh oui !

James Roy soupire.

— Il n'y a pas à dire, tu es un détective dans l'âme. C'est d'accord. Tu pourras aller chez les MacLeod pendant que je serai à Chicago.

— Toute une semaine ?

— Oui, si tu veux.

— Super ! s'écrie la jeune fille qui, dans sa joie, se met à danser autour de la pièce.

James Roy éclate de rire.

— Le fantôme risque d'avoir quelques sueurs froides !

Mais son sourire se fige sur ses lèvres et il reprend :

— Tu ne vas pas prendre de risques, au moins ? Tu me promets d'être prudente ?

— Bien sûr, papa.

James Roy traverse la pièce et s'arrête devant son bureau. Il ouvre un tiroir et prend un objet brillant qu'il tend à sa fille.

— Mais c'est ton revolver, papa !

— Oui, je veux que tu l'emportes avec toi.

— Je t'assure que je n'en aurai pas besoin.

— J'espère bien. Mais il vaut mieux prendre trop de précautions que pas assez. Je serai plus tranquille si je sais que tu peux te défendre...

James Roy ne se doute pas alors que ses paroles vont être prémonitoires....

chapitre 7

Menaces

Pendant les deux jours qui suivent sa visite à Hilltop, Alice reste soucieuse. Elle oscille entre le calme parfait et l'agitation extrême.

Elle étudie en détail l'histoire que lui ont racontée les deux sœurs et passe en revue les quelques instants qu'elle a vécus au Manoir.

« On pourrait penser que les ombres qui apparaissent à la tombée de la nuit sur les murs sont celles des arbres, songe-t-elle. Mais Rosemary a l'air d'avoir la tête sur les épaules. Elle n'est pas du genre à se laisser effrayer pour si peu. »

Si elle n'était pas allée dans l'ancienne demeure, Alice aurait probablement été du même avis que le commissaire de police et aurait pris l'affaire pour une farce de mauvais goût. Mais la disparition de la broche de diamant fait de cette histoire une affaire sérieuse. Il est évident que la broche a été volée, mais comment ?

Plus Alice réfléchit à ce mystère, plus elle est convaincue que ces incidents sont de nature criminelle. Mais, elle se garde bien partager ses pensées avec son père. Il serait capable de revenir sur sa promesse et de l'empêcher de se rendre au vieux Manoir.

Le départ de James Roy étant prévu pour jeudi, Alice écrit aux deux sœurs pour les prévenir qu'elle arrivera au Manoir le samedi matin. Personne d'autre que son père ne sait où elle va se rendre.

Le jour du départ de M. Roy, Alice le conduit à la gare dans son cabriolet.

— Quel jour est-ce que tu reviens ? demande Alice à son père comme ils longent le quai, un peu avant le départ du train.

— Dans une semaine exactement. Si tu veux, au retour je descendrai à Hilltop. Ton histoire m'intéresse et je serais curieux de jeter un coup d'œil à cette vieille demeure.

— Excellente idée ! répond Alice, enthousiaste.

Et après avoir jeté un coup d'œil autour d'elle

afin de s'assurer que personne d'autre ne peut l'entendre, elle ajoute :

— Si je n'ai rien trouvé d'ici là, tu pourras m'aider ?

— Bien sûr, je ferai ce que je pourrai. Mais d'après ce que tu m'as dit, cette affaire est difficile. Je ne sais pas si j'y verrai plus clair que toi.

Une voix dans les haut-parleurs de la gare annonce le départ du train de James Roy.

— Je t'écrirai pour te dire à quelle heure j'arriverai à Hilltop, lance M. Roy avant de grimper dans la voiture où est réservée sa place.

— Les MacLeod habitent assez loin de la gare, je viendrai te chercher en voiture ! promet Alice.

— Et rappelle-toi, Alice... Ne va pas te mettre en danger !

Le chef de gare siffle la fermeture des portes, et le train s'ébranle lentement.

Alice regagne sa voiture. Son père parti, elle se sent tout à coup très seule.

« Si je passais voir Bess et Marion avant de rentrer ? » se dit-elle en montant dans son cabriolet.

Mettant aussitôt son idée à exécution, elle se rend chez les Taylor. Les deux cousines lui proposent aussitôt d'aller faire quelques courses en ville et l'après-midi passe très vite.

— Tu restes dîner avec nous ? propose Bess quand elles sont de retour, les bras chargés de paquets. Mes parents ne sont pas là et ils ont laissé assez de provisions dans le réfrigérateur pour nourrir une armée !

— Sarah m'attend, répond Alice.

— Téléphone-lui, insiste Marion.

— Après tout, pourquoi pas..., cède Alice.

Non seulement la jeune détective dîne chez ses amies, mais elle y passe toute la soirée. Les deux cousines ne veulent plus la laisser partir.

— Tu as l'air un peu soucieuse en ce moment, Alice, s'inquiète Bess. Je parie que tu t'es lancée dans une nouvelle aventure et que tu ne penses plus qu'à ça !

Alice hésite un instant à mettre les deux cousines au courant de la visite qu'elle compte rendre au Manoir, mais elle se ravise. En divulguant un tel secret, la jeune détective risquerait d'impliquer ses amies dans une affaire qui pourrait s'avérer dangereuse.

— Mais non, je ne suis pas soucieuse ! finit-elle donc par répondre. Allez, il faut que je rentre maintenant, je n'en peux plus.

Il est tard quand Alice arrive chez elle et Sarah est déjà couchée.

« J'ai trop sommeil pour faire ma valise ce soir, décide-t-elle en verrouillant la porte. Je verrai ça demain. »

Mais le matin suivant, d'autres choses retiennent son attention. Sarah a prévu de prendre une semaine de congé pendant qu'Alice sera à Hilltop et James Roy à Chicago. Il y a donc pas mal de choses à faire avant de fermer la maison. La journée file à toute allure.

— Alice, si ça ne t'ennuie pas, je vais aller au cinéma avec ma sœur ce soir, dit Sarah, une fois qu'elle a terminé de ranger la cuisine après le dîner.

— Bonne idée, dit gentiment la jeune fille. Je ferai ma valise pendant ce temps.

Sarah partie, Alice monte dans sa chambre et se met à trier les vêtements qu'elle veut d'emporter chez les MacLeod. Vers vingt-trois heures, elle a enfin terminé.

« Ouf ! Voilà une bonne chose de faite, se dit-elle. Ah, il ne faut pas que j'oublie le revolver de papa. »

Elle se précipite dans le bureau de son père, au rez-de-chaussée. La main sur le tiroir, elle hésite.

Vaguement inquiète, elle promène son regard

autour de la pièce. Bizarrement, elle a l'impression que quelqu'un la surveille.

« Je commence à avoir des hallucinations ! se dit-elle. Vivement que Sarah rentre... »

Elle se dirige vers la fenêtre et croit percevoir un bruit de pas sur le perron.

Avant d'avoir pu faire un mouvement, elle entend la sonnette de la porte d'entrée.

Elle sursaute.

« Sarah a dû oublier ses clefs », songe-t-elle pour se rassurer.

À cet instant, elle entend crisser le sable de l'allée. Après une seconde d'hésitation, Alice ouvre la porte d'entrée.

Personne en vue. Étonnée, la jeune fille franchit le seuil et balaye les alentours du regard.

« Ça, c'est bizarre... », s'étonne-t-elle.

Elle s'avance sur le perron, et passe la tête par-dessus la balustrade pour regarder du côté de la haie. Toujours rien. Comme elle se décide à rentrer, elle aperçoit une enveloppe blanche posée près de la porte. Intriguée, Alice la ramasse.

— Tiens, elle m'est adressée ! dit-elle à voix haute.

Elle se précipite dans la maison et referme la porte avec le plus grand soin. Puis elle ouvre

70

l'enveloppe. En lisant le message qu'elle contient, la jeune fille pâlit.

— Une lettre anonyme ! murmure-t-elle. Qui a pu m'envoyer ces menaces ?

chapitre 8

Le fantôme aurait-il peur ?

Alice se laisse tomber dans un fauteuil et étudie avec attention le message qu'elle vient de ramasser. Il est bref, mais la violence contenue dans ses mots fait très peur :

Prenez garde. Si vous allez au Manoir, vous le regretterez.

Pas la moindre signature au bas de ces lignes griffonnées en vitesse.

« J'aimerais bien savoir de qui vient ce message..., songe Alice. Moi qui ai justement fait attention à ne dire à personne que j'allais chez les MacLeod ! »

Comment a-t-on pu avoir vent de ses projets ? Alice tourne et retourne la question dans sa tête.

Elle a bien écrit à Rosemary et à sa sœur, mais à moins que la lettre n'ai été interceptée au bureau de poste ou dans la sacoche du facteur, elle ne voit pas comment quelqu'un aurait pu en prendre connaissance.

« Si ça continue, je vais me mettre à croire aux fantômes moi aussi ! se dit-elle, agacée. C'est incompréhensible. »

Elle reste plongée dans ses réflexions un moment puis, soudain, elle éclate de rire.

— En tout cas, ce fantôme ne doit pas être très courageux, sinon il n'aurait pas peur de moi ! ajoute-t-elle à haute voix.

Mais la menace contenue dans le message est tout de même sérieuse. C'est certain, un vrai danger la guette dans le vieux Manoir. Pourtant, malgré l'effroi que lui a causé la lecture de la lettre, elle n'imagine pas une seconde abandonner ses projets !

« Papa a eu raison de me conseiller de prendre son revolver..., se dit-elle. Remarque, je ne sais même pas si, à dix mètres, je serais capable de mettre une balle dans une porte ! »

La jeune fille traverse la pièce et, après avoir fermé les volets, va chercher le revolver dans le tiroir du bureau de son père. Ensuite, elle monte dans sa chambre et glisse l'arme dans son sac de voyage. Au même instant, elle entend du bruit sur le perron.

Elle s'arrête, l'oreille tendue.

« Encore un message ? » se demande-t-elle, inquiète.

La clef tourne dans la serrure, la porte s'ouvre sur Sarah, tous sourires.

— Ah ! C'est toi ! s'écrie la jeune fille, soulagée.

— Mais oui. Qui croyais-tu que c'était ?

— Euh... Je ne sais pas..., bégaie Alice qui ne veut pas inquiéter la gouvernante. Un fantôme peut-être !

— Comment ? demande Sarah, surprise. Qu'est-ce que tu veux dire ?

— Rien, rien. Rassure-toi. Je plaisantais ! s'empresse de répondre Alice.

La vieille dame n'a pas le temps d'interroger Alice plus longtemps car la jeune fille lui souhaite déjà bonne nuit et se retire dans sa chambre.

« Je ne vais quand même pas me laisser troubler par ce message, se dit-elle en se couchant sur son lit. Une bonne nuit de sommeil me fera du bien, et après, en route pour le Manoir ! »

Le lendemain matin, sitôt le petit déjeuner avalé, Alice dit au revoir à Sarah et s'élance, dans son cabriolet, en direction de Hilltop.

Quand elle arrive en vue de la maison, elle ne perçoit d'abord pas le moindre signe de vie.

Puis Rosemary apparaît sur le seuil de la vieille demeure.

— Je vous ai vue monter l'allée. Vous ne pouvez pas savoir comme je suis contente que vous soyez venue ! dit-elle avec un air de grand soulagement. J'avais tellement peur que vous changiez d'avis...

— J'espère qu'il ne s'est rien passé de grave depuis l'autre jour ! dit vivement Alice.

— Oh ! La vie ici devient insupportable ! Nous étions décidées à quitter notre maison si vous n'étiez pas venue aujourd'hui.

Le visage tiré et pâle de Rosemary prouve qu'elle n'a pas dormi depuis plusieurs nuits.

— Hier soir, nous avons encore entendu la musique..., dit-elle à voix basse.

— Quelle sorte de musique ?

— Un instrument à cordes, je crois. Une guitare, peut-être. Mais nous n'avons pas réussi à localiser cette musique. On aurait dit qu'elle se déplaçait d'un endroit à l'autre.

— Vous entendiez la mélodie distinctement ?

— Non, elle nous parvenait en sourdine. Oh ! C'est à devenir folle !

Rosemary parvient à peine à réprimer un frisson. Implorant Alice du regard, elle lui demande :

— Dites-moi, vous croyez aux fantômes, vous ?

— Je suis persuadée que votre maison n'est pas hantée.

Et, voyant que Rosemary reprend son calme, elle poursuit son interrogatoire :

— Combien de temps la musique a-t-elle duré ?

— Une demi-heure environ.

— Est-ce que votre sœur l'a entendue, elle aussi ?

— Oh oui ! Elle a eu un tel choc qu'elle est tombée malade et n'a pas pu se lever ce matin. Si vous le voulez bien, je vais vous conduire auprès d'elle.

— Vous ne pensez pas qu'il vaut mieux la laisser se reposer ?

— Elle a demandé à vous voir dès votre arrivée.

Rosemary guide la jeune fille jusqu'au premier étage.

— Je vais d'abord vous montrer votre chambre, puis vous pourrez aller bavarder avec Floretta, dit-elle en ouvrant une porte.

La pièce est grande et confortable, même si

le grand lit et les meubles en acajou lui donnent un air vieillot.

— Cette chambre est juste à côté de la mienne, explique Rosemary. Comme ça, si vous avez besoin de quoi que ce soit pendant la nuit, il vous suffira de frapper au mur ou de crier, je vous entendrai tout de suite.

Alice approuve d'un simple signe de tête.

— La clef est à l'intérieur, poursuit Rosemary. Floretta et moi, nous nous enfermons tous les soirs.

— D'accord, je ferai la même chose.

— Vous êtes bien sûre que vous voulez rester ? s'assure Rosemary. S'il vous arrivait quelque chose, je ne me le pardonnerais jamais...

— Ne vous inquiétez pas, il ne m'arrivera rien.

— J'aimerais en être aussi sûre que vous ! soupire la vieille demoiselle. Vous voulez que nous allions voir Floretta maintenant ?

— Oui, avec plaisir.

Alice suit Rosemary jusqu'au bout du couloir et toutes deux entrent dans la chambre à coucher de l'aile est.

— Bienvenue au manoir hanté ! murmure la vieille demoiselle avec un faible sourire.

Pâle, le visage défait, elle est adossée à des

oreillers. Elle n'a pratiquement pas touché au plateau de petit déjeuner posé sur sa table de chevet.

— Floretta, tu n'as rien mangé ! la gronde gentiment Rosemary.

— Non, je n'ai pas faim. Je me sens trop mal.

— Mlle Roy est venue nous aider, répond Rosemary d'une voix calme.

— Je commence à croire que personne ne peut rien faire pour nous !

— Allez, ça suffit maintenant ! Il faut que tu te ressaisisses.

— Je pense pouvoir vous aider, dit Alice, avec un sourire encourageant. En tout cas, je ferai de mon mieux. Pour commencer, je vais visiter la maison de fond en comble. Au fait, ajoute-t-elle, est-ce que vous avez parlé à quelqu'un de ma visite ici ?

— Non, répond Rosemary.

— Quand nous avons reçu votre lettre, nous en avons un peu discuté entre nous, mais c'est tout, dit Floretta. Pourquoi nous posez-vous cette question ?

Alice hésite, puis se décide à expliquer aux deux sœurs qu'elle a reçu une lettre de menaces la veille.

— Ce n'est pas possible..., murmure Floretta.

Mais comment l'auteur du message a-t-il pu apprendre que vous comptiez nous rendre visite ?

— C'est ce que j'aimerais savoir, dit Alice. C'est à croire que les murs ont des oreilles, ici !

Et baissant la voix, elle ajoute :

— Qui nous dit qu'en ce moment quelqu'un n'est pas en train d'écouter chaque parole que nous échangeons ?

chapitre 9

Recherches infructueuses

La présence d'Alice au Manoir fait beaucoup de bien aux deux sœurs MacLeod. Bientôt, elles retrouvent un peu de gaieté. Floretta annonce qu'elle se sent mieux et veut à tout prix se lever. À la grande surprise de Rosemary, elle a un air presque guilleret lorsqu'elle prend place à table, à l'heure du déjeuner.

— J'aimerais bien connaître l'histoire de la maison, s'il vous plaît, demande Alice, quand toutes trois sont assises.

— Avec plaisir, répond Rosemary fièrement. Elle a été bâtie à une époque où les maisons en pierre étaient très rares. Bien entendu, elle a été transformée plusieurs fois, mais les murs sont restés. La propriété n'est jamais sortie de notre famille.

— Est-ce que vous savez si elle comporte des panneaux secrets ?

— Nous avons bien entendu des allusions à ce sujet, mais je dois reconnaître que nous n'avons jamais inspecté la maison en détail. Il est tout à fait possible que des cachettes aient été aménagées depuis que le manoir a été modifié à l'époque de la guerre de Sécession.

— Si ça ne vous dérange pas, j'aimerais vérifier par moi-même s'il en existe ou non.

— Bien sûr, répond Rosemary. Vous pouvez agir comme bon vous semble et nous vous aiderons autant que possible. Quand voulez-vous commencer ?

— Juste après le déjeuner. On pourrait partir du grenier et terminer par les caves, qu'est-ce que vous en dites ?

— Il faudra prendre des bougies, parce qu'il fait très sombre là-haut. Nous n'avons pas fait installer l'électricité au grenier.

Le repas terminé, Rosemary part chercher un bougeoir. Avant de s'occuper du grenier, Alice fait un tour rapide de la maison.

Celle-ci se compose de quinze grandes pièces. Au rez-de-chaussée : la cuisine, la remise, le cellier, la salle à manger, le salon, la bibliothèque, et une grande salle de réception.

Au-dessous du rez-de-chaussée s'étendent les caves divisées en plusieurs compartiments.

Le premier étage est réservé aux chambres à coucher. Rosemary explique à sa jeune invitée qu'une des ailes de la maison est fermée depuis des années. Évidemment, cette partie de la demeure éveille aussitôt l'intérêt d'Alice. Mais, une brève visite lui indique que personne n'est entré dans ces pièces depuis très longtemps. L'épaisse couche de poussière qui recouvre les meubles et les parquets est intacte.

— Allons au grenier ! décide la jeune fille. Ensuite on inspectera les chambres.

L'une derrière l'autre, Alice et les deux vieilles demoiselles gravissent un escalier étroit. Alice ouvre une porte tout en haut des marches, et un courant d'air éteint subitement sa bougie. Sans céder à la panique, elle la rallume aussitôt et pénètre dans le grenier.

Elle promène autour d'elle un regard curieux. La pièce est encombrée de vieux meubles ; une ancienne commode dans un coin, un fauteuil à bascule à moitié cassé dans un autre et, un peu partout, des cartons de toutes dimensions.

Alice ouvre les boîtes les après les autres, puis tapote sur les murs. Le dernier sonne creux, mais la jeune fille ne parvient pas à déceler le moindre système qui commande l'ouverture d'un panneau.

— Apparemment, il n'y a rien ici, dit Alice, après avoir passé près d'une heure dans le grenier.

Elle hésite pourtant à redescendre. Bien qu'elle n'ait rien appris, elle a la vague impression d'avoir laissé passer quelque chose d'important.

— J'étais à peu près sûre que nous ne trouverions rien, remarque Rosemary en se tournant vers l'escalier. Et maintenant, où voulez-vous aller ?

— Que diriez-vous de passer à la cave ?

Toutes trois redescendent en file indienne au rez-de-chaussée et passent par la cuisine, où elles empruntent un escalier noir et humide qui conduit au sous-sol. Comme elles s'y engagent, une désagréable odeur de moisi leur monte au nez.

Quelques minutes suffisent à Alice pour se convaincre que le sous-sol n'offre aucun intérêt. Le ciment qui recouvre le sol, les murs et les plafonds exclut toute possibilité qu'une trappe y soit dissimulée.

« Nous n'avons pas trouvé grand-chose d'intéressant, se dit Alice lorsque les trois exploratrices se retrouvent dans la cuisine. Mais je n'ai pas l'intention de les abandonner. Je continuerai ma visite demain ».

L'après-midi est déjà très avancé, des ombres commencent à envahir coins et recoins. Le dîner est un peu tendu. Rosemary et Alice essaient d'animer la conversation, mais sans succès.

Après le dîner, les deux vieilles demoiselles et Alice s'installent au salon. Rosemary s'assied au piano et tente de jouer un morceau ; Alice remarque que ses mains tremblent. Au bout de quelques minutes, elle referme le clavier.

Floretta se domine encore moins que sa sœur. Assise sur le divan, pâle, raide, les mains crispées, elle promène d'un bout à l'autre de la pièce un regard inquiet.

— Ce meuble est vraiment curieux, dit Alice pour rompre le silence.

— Lequel ? demande Rosemary.

— Cette banquette-divan sur laquelle votre sœur est assise. C'est la première fois que j'en vois une de ce genre.

— Ça ne m'étonne pas. Elle fait partie du renfoncement de ce mur.

— C'est vrai ? J'avais déjà vu des étagères encastrées, mais jamais un divan.

— C'est une idée d'un de nos ancêtres, explique Floretta, mais je n'ai jamais trop compris à quoi ça servait. En ce qui me concerne, je préférerais avoir un divan que l'on puisse déplacer.

À neuf heures, Alice annonce qu'elle monte se coucher. Avec un soulagement évident, Floretta et Rosemary se lèvent à leur tour et suivent son exemple.

— N'oubliez pas de fermer votre porte à clef, rappelle Rosemary à sa jeune invitée en lui souhaitant le bonsoir en haut de l'escalier. Et surtout, n'hésitez pas à appeler si vous avez besoin de quoi que ce soit.

À peine entrée dans sa chambre, Alice en verrouille la porte. Puis elle examine rapidement le cabinet de toilette. Rien à l'intérieur. Elle regarde sous le lit.

« On n'est jamais trop prudent », se dit-elle.

Elle ouvre son sac de voyage et en sort le revolver que son père lui a confié ainsi qu'une lampe électrique. Après avoir chargé le revolver, elle le glisse sous son oreiller.

— Voilà ! s'exclame-t-elle, satisfaite. Si un fantôme se présente, il aura affaire à moi !

Pleine de confiance, elle s'installe dans son lit où elle s'endort immédiatement.

Quand elle se réveille, le soleil pénètre à flots dans sa chambre.

Avec un sursaut, elle s'assied et promène son

regard autour d'elle. À première vue, rien n'a été touché dans la pièce. Elle se prépare très vite et descend. Rosemary et Floretta sont déjà en bas et le petit déjeuner est prêt.

— Vous avez bien dormi ? demande Rosemary.

— Comme un loir.

— Moi, j'ai à peine fermé l'œil de la nuit.

— Vous avez entendu quelque chose de suspect ? demande Alice.

— Non, non. Je crois qu'il ne s'est rien passé cette nuit.

Après le petit déjeuner, la jeune fille se remet aussitôt à l'ouvrage et passe au crible le moindre recoin, sonde les parois et les murs à l'aide d'un petit marteau dans l'espoir de découvrir un panneau mobile qui dissimulerait une cachette ou un escalier. Elle soulève même des tableaux pour vérifier s'ils ne dissimulent rien d'étrange.

« Je suis sûre qu'il y a un passage secret dans cette maison, se dit la jeune détective. Il faut que je le trouve. »

Au cours de la journée, elle passe ainsi en revue le rez-de-chaussée et le premier étage. Le soir elle s'endort, épuisée, son revolver sous l'oreiller.

Le lendemain, Alice continue son inspection.

Découragée, elle commence à se demander s'il se passe vraiment des choses anormales dans ce manoir.

« Rosemary et Floretta ont peut-être imaginé toutes ces ombres et tous ces bruits ? » se dit-elle.

Quand la nuit tombe, la jeune détective songe même un instant à ne pas placer le revolver sous son oreiller. Mais après avoir réfléchi, elle décide qu'il vaut mieux ne pas courir de risque.

Elle se couche, éteint la lumière, mais ne s'endort pas tout de suite ; elle reste immobile, perdue dans ses pensées. Les stores sont levés, la lune éclaire la pièce et Alice regarde les ombres des arbres danser sur les murs blancs de sa chambre.

« À tous les coups, ce sont ces ombres que Rosemary et Floretta ont prises pour des fantômes », se dit-elle.

Au bout d'une demi-heure, elle finit par s'assoupir. Mais au milieu de la nuit, elle se réveille en sursaut et ne peut retrouver le sommeil.

« Qu'est-ce qui me prend ? se demande-t-elle. J'ai comme un mauvais pressentiment ! »

Le silence règne dans la demeure, et cela ne rassure pas Alice. Elle ferme les yeux, mais le sommeil ne vient toujours pas. Elle se tourne et se retourne dans son lit.

Soudain, un cri perce. Il provient, semble-t-il, du rez-de-chaussée. Un choc sourd lui succède, puis un hurlement à vous glacer le sang. Et le silence revient, plus sinistre que jamais.

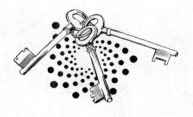

chapitre 10

Un cri dans la nuit

Alice a instinctivement ramené la couverture autour de son cou, comme pour se protéger contre un danger inconnu. Un instant, elle attend, immobile, mais le cri terrifiant ne se reproduit pas.

Alice bondit hors de son lit, enfile ses pantoufles et, glissant la main sous son oreiller, prend son revolver, sans oublier sa lampe de poche.

Dans le ciel, les étoiles ne brillent plus ; dans la pièce plongée dans l'obscurité, Alice ne distingue rien à cinquante centimètres devant elle. Elle n'arrive pas à trouver l'interrupteur et finit par allumer sa lampe électrique. Arrivée à la porte, elle tourne la poignée mais la porte ne s'ouvre pas.

« Qu'est-ce qui se passe ! Je suis enfermée ! » se dit la jeune fille, affolée.

Dans sa hâte, elle a oublié qu'elle a elle-même fermé la porte à clef avant de se coucher. En un éclair, la mémoire lui revient. Elle tourne la clef dans la serrure et, cette fois, la porte s'ouvre.

En avançant dans le couloir elle dirige le faisceau de sa lampe d'une côté à l'autre. Personne en vue.

Soudain, une porte s'entrebâille... sur Floretta, qui est à deux doigts de s'écrouler tant elle tremble. Surprise par la lueur de la torche d'Alice, elle pousse un cri de frayeur.

— Calmez-vous, Floretta ! C'est moi, Alice ! s'empresse de dire la jeune fille.

— J'ai cru que c'était le fantôme ! parvient à articuler la malheureuse. Vous avez entendu ce hurlement effroyable ?

— Oui. Où est votre sœur ? Allez vite voir s'il ne lui est rien arrivé.

— Pourvu qu'elle n'ait pas été assassinée !

Elle s'arrête net. Rosemary MacLeod vient d'apparaître sur le seuil de sa chambre. Elle est terrorisée, mais se domine de son mieux. Les deux sœurs se rapprochent d'Alice. Elles ont beau avoir une cinquantaine d'années de plus

92

qu'elle, c'est vers la jeune fille qu'elles se tournent pour se réconforter.

— Je crois que le cri venait du rez-de-chaussée, chuchote la détective. Il faut descendre voir ce qui s'est passé.

— Descendre ? gémit Floretta. Jamais !

— Chut ! dit Alice d'un ton impératif. Pas si fort. On ne sait pas ce qui nous attend en bas.

— Mais nous allons nous faire tuer si nous descendons, insiste Floretta.

— J'ai un revolver.

— Je ne veux pas descendre.

— Alors reste ici ! dit Rosemary, brusquement. Si vous descendez, Alice, moi, je vous suis.

— Et vous me laisserez seule ici ? demande Floretta, désespérée.

— Si tu as peur de rester seule, viens avec nous ! rétorque Rosemary, agacée.

La lampe à la main, Alice se dirige déjà vers l'escalier. Rosemary suit et Floretta, qui s'est finalement décidée, ferme la marche.

En descendant, elles se rapprochent les unes des autres tandis qu'Alice promène le faisceau lumineux de sa torche dans le couloir au-dessous d'elle. Tout est en ordre, pas le moindre signe de présence étrangère.

— C'était un fantôme, j'en suis sûre ! chuchote Floretta.

— Silence ! fait Rosemary.

Alice se remet en marche. À chaque pas, le bois craque.

« Décidément, si le voleur ne nous entend pas, c'est qu'il est complètement sourd ! songe ironiquement la jeune fille. Pourvu que personne ne nous tire dessus ! »

Elle se garde de communiquer ses craintes aux deux sœurs qui, elle le sent, sont à bout de nerfs.

Arrivée dans le salon, Alice cherche à tâtons l'interrupteur et allume la lumière. Tout est en ordre. Le trio décide de se rendre ensuite dans la serre.

— L'argenterie ! s'écrie soudain Floretta. J'espère qu'on ne vous l'a pas volée !

Alice vient d'avoir la même pensée et, sans attendre, se précipite vers la salle à manger. Floretta et Rosemary la suivent à une allure plus prudente.

Le meuble où était rangée l'argenterie est cadenassé. Rosemary prend la clef dans un vase placé sur la table et ouvre le verrou.

— Tout est là, déclare-t-elle après avoir compté les couverts.

— Je ne pense pas que le cri venait d'ici de

toute façon, dit Alice. À mon avis, ça prove-
nait d'une pièce juste au-dessous de ma
chambre.

— Alors, il faut aller voir dans la bibliothèque, dit Rosemary.

— Moi aussi, j'ai eu l'impression qu'il
venait de cette direction, murmure Floretta.
Quel hurlement atroce...

Le revolver à la main, Alice se dirige vers
la bibliothèque. Serrées l'une contre l'autre, les
deux sœurs lui emboîtent le pas. Elles ont à
peine parcouru quelques mètres que Floretta
s'arrête et jette un regard angoissé par-dessus
son épaule.

— Qu'est-ce que c'est ? chuchote-t-elle,
affolée.

— Quoi ? demande Alice en se retournant.
Je n'ai rien entendu.

« Les nerfs de Floretta sont en train de
lâcher », se dit Alice qui, malgré tout, préfère
vérifier que personne ne les suit.

Elle s'arrête donc et tend l'oreille, à l'affût
du moindre bruit. Elle n'entend rien.

— Vous avez dû vous tromper, dit-elle, très
calmement, en se remettant en marche.

Face au danger, Alice garde son sang-froid.
Pourtant, l'épreuve est rude pour elle aussi !

D'une minute à l'autre, elles risquent toutes trois de tomber dans un piège.

Très prudemment, Alice ouvre la porte de la bibliothèque. Personne. Elle appuie sur l'interrupteur : rien n'y a été dérangé.

Son regard vient pourtant se poser sur un escabeau négligemment appuyé contre la bibliothèque. Ni Rosemary ni Floretta ne l'auraient jamais laissé à cet endroit, car l'ordre est chez elles une véritable manie.

Au même moment, Rosemary tourne les yeux du même côté.

— Quelqu'un est entré ici ! s'écrie-t-elle.

Lentement son regard se dirige vers le haut des rayonnages et elle pousse un cri.

— Ma coupe en argent ! Quelqu'un l'a prise !

chapitre 11

Sans nouvelles de James Roy

— Quelqu'un a pris la coupe en argent ! répète Rosemary qui n'arrive pas à en croire ses yeux. Je ne pourrai jamais en retrouver une identique !

— C'était un héritage de famille..., ajoute mélancoliquement Floretta. Notre grand-mère nous l'avait confiée en mourant. Elle passe ainsi de génération en génération.

— D'ailleurs, elle avait une grande valeur, reprend Rosemary. C'était de l'argent massif. Un joaillier nous en avait offert une grosse somme, mais nous ne voulions pas nous en séparer. C'est vraiment trop horrible !

Elle se laisse tomber dans un fauteuil et paraît sur le point de fondre en larmes.

— Ne désespérez pas, on va peut-être la

retrouver..., dit Alice, cherchant à la réconforter. Vous êtes sûre qu'elle était bien dans la bibliothèque ?

— Mais oui, nous ne l'avons jamais changée de place.

— D'abord une cuillère, ensuite un miroir et un porte-monnaie, puis ma broche et maintenant la coupe, énumère Floretta. C'en est trop ! Que vous le croyiez ou non, il y a un fantôme dans cette maison ! Un voleur ne prendrait pas un objet à la fois et ne pousserait pas de tels cris !

— Et vous avez déjà vu un fantôme qui a besoin d'un escabeau pour atteindre le sommet d'une bibliothèque ? rétorque Alice.

— Vous avez raison..., acquiesce Rosemary. Mais enfin, je n'arrive pas à comprendre comment un voleur aurait pu s'introduire dans la maison...

— Si je pouvais répondre à cette question, le mystère serait en partie élucidé ! réplique la jeune fille. Est-ce que vous avez bien vérifié que toutes les portes étaient fermées à clef avant de vous coucher ?

— Plutôt deux fois qu'une !

— Et les fenêtres ?

— Fenêtres et volets étaient fermés.

— C'est incompréhensible, murmure la jeune fille, déconcertée. On dirait que le voleur s'est évaporé. Je crois que ce n'est pas la peine de poursuivre nos recherches cette nuit. Il ne nous reste plus qu'à retourner nous coucher.

— Je n'arriverai jamais à fermer l'œil après cette alerte, coupe Floretta. Je vais rester debout jusqu'au lever du jour.

— Moi aussi, ajoute Rosemary.

— Dans ce cas, on ferait mieux d'aller chercher nos couvertures et de nous installer toutes les trois ici, déclare Alice. Ça m'étonnerait que notre voleur revienne de sitôt, mais ça ne nous empêche pas de l'attendre de pied ferme !

Aussitôt dit, aussitôt fait. Toutes trois se retrouvent bientôt confortablement installées dans les fauteuils où elles passent le reste de la nuit, enveloppées dans de chaudes couvertures. Alice et Rosemary parviennent à dormir un peu, mais Floretta est trop énervée pour se reposer un instant.

À la première lueur de l'aube, Rosemary et Alice préparent le petit déjeuner. Un café bien chaud leur remonte le moral. Et, avec l'apparition du soleil, la vieille demeure perd un peu de son atmosphère lugubre.

Le petit déjeuner terminé, Alice décide de passer au crible la bibliothèque. Elle examine les murs presque à la loupe. Pas le moindre panneau secret, pas la moindre fissure suspecte.

Aidée de Rosemary, elle va jusqu'à déplacer la lourde bibliothèque pour vérifier qu'il n'y a rien derrière. Elle ne perd pas beaucoup de temps avec les autres meubles : ils sont peu nombreux et il n'est pas possible de s'y cacher, à l'exception d'une sorte de banquette placée dans un renfoncement, identique à celle qui est au salon. Alice cherche des empreintes digitales sur les rayonnages de livres et sur les chaises, mais elle n'en découvre aucune. Pas le moindre petit indice qui puisse les mettre sur la voie ; c'est à désespérer !

La coupe en argent reste introuvable, malgré les efforts d'Alice, qui fouille partout. Finalement, très déçue, elle doit s'avouer vaincue. Elle aimerait tant redonner un peu de joie aux deux sœurs ! L'incident de la nuit précédente les a tellement éprouvées qu'elles se remettent à envisager un départ prochain.

— Je préfère fermer la maison plutôt que de passer encore une semaine comme celle-ci, reconnaît Rosemary. Ça ne m'amuse pas d'être chassée de chez moi, mais je ne vois pas d'autre moyen.

Alice ne répond pas, bien décidée, quant à elle, à ne pas quitter le Manoir avant d'avoir élucidé le mystère. Quand son père reviendra de Chicago, elle lui racontera tout et lui demandera de prendre lui-même les choses en main.

À la grande surprise des trois habitantes de la maison, le calme le plus complet règne pendant quarante-huit heures. Rosemary et Floretta demeurent anxieuses : elles sont dans l'attente perpétuelle d'un nouvel incident.

— À la limite, je crois que j'aimerais mieux que quelque chose se produise, il n'y a rien de pire que d'être sans cesse sur le qui-vive, soupire Rosemary.

Alice, elle, est absorbée dans ses pensées. Quelque chose d'autre l'ennuie, mais elle ne veut pas en parler aux deux sœurs.

Quand son père est parti pour Chicago, il lui a promis de rentrer une semaine plus tard, jour pour jour, et de lui écrire pour lui indiquer l'heure de son arrivée à Hilltop. Cela fait plusieurs jours qu'Alice attend ce message ; or rien ne vient. Pourquoi son père n'a-t-il pas tenu sa promesse ?

« Papa a peut-être été obligé de prolonger son séjour, se dit-elle pour se rassurer. Attendons encore jusqu'à demain. »

Le lendemain, Alice ne reçoit toujours pas de nouvelles et commence à se tourmenter. Si son père avait été retenu, il lui aurait de toute façon fait parvenir un message pour qu'elle ne s'inquiète pas. Que peut-il bien lui être arrivé ?

« Il a sûrement décidé de ne pas s'arrêter à Hilltop et de rentrer directement à River City », se dit-elle.

Un coup d'œil au calendrier lui confirme que son père a quitté le domicile depuis une semaine. Comme elle pensait retourner à River City avec lui, elle a demandé à Sarah de rentrer ce jour-là et d'ouvrir la maison.

« Si seulement il y avait un téléphone ici, se dit-elle, je pourrais appeler Sarah et lui demander si papa est arrivé. »

Plus elle y songe, plus le silence de son père l'inquiète. Enfin, n'y tenant plus, elle décide de prendre sa voiture et de se rendre à Hilltop. Jusqu'à présent, elle hésitait à y aller parce qu'elle ne voulait pas se montrer en ville. Mais au fond, le risque n'est pas grand. Elle fait part de son intention aux deux sœurs.

— Vous reviendrez vite, n'est-ce pas ? demande Rosemary d'une voix angoissée.

— Je reviens dans une demi-heure maximum, promet Alice. Je n'ai qu'un coup de téléphone à passer.

Au fur et à mesure qu'elle s'éloigne du Manoir, Alice a l'impression de respirer plus librement. Cet endroit est décidément bien sinistre. La jeune fille force l'allure et atteint bientôt le centre de la ville ; elle pénètre dans une cabine téléphonique et appelle chez elle. Après deux ou trois sonneries, elle entend la voix de Sarah.

— Bonjour Sarah ! Comment vas-tu ? Est-ce que papa est à la maison ? demande Alice.

— Non, et il ne m'a pas donné signe de vie, répond Sarah.

Après une courte conversation avec la gouvernante, Alice raccroche et s'adosse à la paroi de la cabine. Qu'est-ce que cela signifie ? Pourquoi son père n'a-t-il prévenu personne de son changement de programme ? Cela ne lui ressemble pas du tout.

« J'ai envie de téléphoner à Chicago pour savoir s'il y est encore, se dit-elle. Heureusement que papa m'a laissé le numéro de la société où il devait se rendre. »

Ouvrant son sac, elle fouille parmi les papiers qui l'encombrent et, enfin, découvre la feuille où elle a griffonné le numéro.

Elle s'empresse d'appeler, mais à l'autre bout, elle tombe sur un répondeur automatique.

« Je vais laisser un message, alors », se dit-elle.

Elle demande donc à ce qu'on l'informe par courrier recommandé de la situation de son père. Elle s'assure auprès du guichetier du bureau de poste que la réponse lui sera bien adressée chez les MacLeod.

« Et maintenant, en route pour la maison hantée..., dit-elle presque à regret. Je me sens découragée, je n'arriverai jamais au bout de cette affaire toute seule. Vivement que papa vienne me rejoindre ! À nous deux, on trouvera sûrement la clef de l'énigme. »

Comme elle approche du Manoir, l'attention d'Alice est attirée par une autre maison de pierre située à peu de distance, et qui ressemble étrangement au Manoir.

« Tiens ! qui peut habiter là ? Il faudra que je pose la question à Rosemary MacLeod... », se dit-elle.

Toutefois, Alice est trop préoccupée par le silence de son père pour accorder toute son attention au mystère du vieux Manoir et, quand elle descend de voiture, elle a déjà oublié ce qu'elle s'est promis de demander aux deux sœurs.

Les soirées se ressemblent toutes dans la demeure hantée. À sept heures, les trois habitantes du logis dînent dans la triste salle à manger, puis elles s'installent au salon. Comme les deux sœurs n'ont ni la télévision ni la radio, les heures s'écoulent lentement tandis que les ombres se font plus sinistres. Vers neuf heures chacune est heureuse de se retirer dans sa chambre.

Ce jour-là, Alice a attendu tout l'après-midi une réponse à son message. Elle serait retournée au bureau de poste pour vérifier qu'aucun courrier ne lui a été destiné si elle n'avait pas eu pitié de Rosemary et Floretta, complètement paniquées à l'idée de rester seules.

À neuf heures donc, Alice monte dans sa chambre. Mais elle ne s'endort qu'au bout de plusieurs heures.

« J'ai un mauvais pressentiment, une fois de plus, se dit-elle. J'ai l'impression que quelque chose est arrivé à papa. Mais c'est absurde ! »

Or elle a beau essayer, elle ne parvient pas à se libérer de son inquiétude et quand elle se lève le lendemain, ce pénible sentiment ne l'a toujours pas quittée. Elle ne peut rien avaler au petit déjeuner. Au moment où elle s'apprête à se lever de table, la sonnette de la porte d'entrée retentit.

Rosemary et Floretta MacLeod échangent des regards angoissés.

— Ne bougez pas, j'y vais, répond Alice. Ça doit être pour moi.

Elle sort de la salle à manger et se rue vers

la porte. Comme elle s'y attendait, c'est le facteur.

— J'ai un courrier recommandé pour Mlle Roy, dit-il.

— C'est moi.

— Vous voulez bien signer ici, s'il vous plaît ?

Alice s'exécute et, d'une main impatiente, prend l'enveloppe qu'on lui tend. Elle l'ouvre. Le message vient de la société de Chicago où son père s'est rendu, et confirme ses pires craintes.

Voici ce qu'il dit :

« James Roy : parti depuis deux jours. »

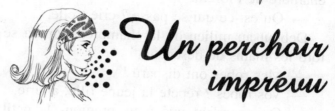

chapitre 12

Un perchoir imprévu

Alice n'arrive pas à détacher les yeux du message qu'elle tient dans la main. Elle le relit, gravant chaque mot dans sa mémoire.

Elle est de plus en plus inquiète. Si son père a quitté Chicago il y a deux jours, comme le courrier l'indique, il devrait déjà être arrivé à Hilltop. Qu'a-t-il bien pu se passer en cours de route pour le retarder autant ? Aucun accident ferroviaire n'a été signalé. Alors... ?

Après avoir réfléchi un moment, Alice revient vers la salle à manger dans l'intention de mettre les deux sœurs au courant de ses préoccupations. Mais elle a à peine fermé la porte qu'un cri d'effroi la cloue sur place. Il semble provenir de la chambre de Floretta.

Redoutant le pire, Alice se précipite vers l'es-

107

calier dont elle gravit les marches quatre à quatre. Au même moment, Rosemary sort en courant de la cuisine. Alice se précipite vers la chambre de Floretta.

— Qu'est-ce qui se passe ? crie-t-elle.

Debout au milieu de la chambre, Floretta se tord les mains de désespoir.

— Mes robes ont disparu !

— Vos robes ? répète la jeune fille, ahurie.

— Oui, pendant que nous prenions le petit déjeuner. Quelqu'un a emporté trois de mes plus jolies robes de soie noire ! Et ce n'est pas le pire. Regardez !

Suivant du regard la direction que désigne fébrilement la vieille demoiselle, Alice lève les yeux vers un tableau suspendu au-dessus du lit. Elle pousse un cri de surprise.

Sur le cadre sont perchés deux canaris.

— Oh ! souffle Rosemary.

Elle est entrée dans la pièce sur les pas d'Alice, et son regard est aussitôt tombé sur le tableau.

À pas lents, afin de ne pas effrayer les oiseaux, Alice s'approche du lit.

— Ne touchez pas à ces bêtes..., crie Rosemary.

— Pourquoi ? Ce ne sont que de pauvres

petits canaris apprivoisés ! dit Alice qui en prend un sur le bout de sa main. Vous voyez !

— Ne l'approchez pas de moi ! cria Floretta. Il va me porter malheur.

— Autant que je sache, les canaris n'ont pas la réputation d'être maléfiques, répond Alice en examinant l'oiseau. Généralement, les canaris sont très gais et très doux.

— S'il vous plaît, mettez-les dehors..., implore Floretta.

Ne voulant pas la contrarier, Alice ouvre la fenêtre ainsi que la moustiquaire métallique, et libère les deux oiseaux.

— Comment ont-ils pu entrer ici ? demande Rosemary. C'est la première fois que nous avons des oiseaux dans la maison...

Alice ne sait plus quoi penser. Le mystère s'épaissit toujours plus. Les oiseaux ont-ils été apportés par la personne qui a volé les robes de Floretta ? Une chose est sûre, ils n'ont pas pu passer à travers le grillage.

La jeune fille décide alors d'examiner le placard à robes et de sonder les parois de la chambre. Elle ne découvre pourtant aucun indice qui pourrait indiquer qu'un voleur est entré ici.

Alice sent le désespoir la gagner. Elle a promis aux deux sœurs de leur venir en aide mais, pour l'instant, elle n'a pas avancé d'un pas dans son enquête. Les événements mystérieux se multiplient sous son nez, sans qu'elle puisse leur trouver la moindre explication logique.

Tandis qu'elle rumine de sombres pensées, une idée lui vient.

— Je me demandais... est-ce qu'il y a quelqu'un qui aurait intérêt à vous voir quitter la maison ? demande-t-elle aux deux sœurs.

Rosemary secoue la tête et répond :

— Oh non ! Pourquoi voudrait-on nous chasser ?

— Pour acheter le Manoir par exemple.

— Des agences immobilières nous ont transmis quelques propositions. Il paraît que la Ville voudrait installer un musée historique ici.

— Mais vous n'avez pas l'intention de vendre ?

— Non. Pas jusqu'à ces derniers jours en tout cas. Si nous avions su, nous aurions peut-être accepté une offre, parce que maintenant, nous serions prêtes à vendre pour une bouchée de pain ! Mais qui voudrait d'une maison hantée ?

Alice sent qu'elle est sur la bonne piste. Quelqu'un cherche sûrement à forcer les deux sœurs à vendre leur Manoir.

— Qui vous a fait des propositions ? demande-t-elle.

— Un certain John O'Conley, dit Floretta. Mais nous le connaissons depuis toujours. Il est honnête.

— Il y a aussi M. H. D. Fellow, ajoute Rose-mary. Il nous a fait une offre, intéressante d'ailleurs. Il s'est montré tout à fait correct quand nous lui avons répondu que nous ne dési-rions pas vendre.

— Pas d'autres propositions ?

— Si, un voisin, Jeff Croll. Mais nous n'avons pas pris sa proposition au sérieux, répond Rosemary.

— Jeff Croll ! s'écrie la jeune fille, qui n'en croit pas ses oreilles.

— Ce Croll est un escroc ! intervient Flo-retta. Nous ne voulons rien avoir à faire avec lui. Il nous a proposé une somme ridicule pour notre maison.

— Et vous n'avez pas accepté, j'espère ?

— Oh non ! Son offre ne tenait pas debout !

— De toute façon, nous n'aurions jamais accepté de conclure un accord avec lui, insiste Floretta, parce qu'il ne nous inspire vraiment aucune confiance.

— Quand est-ce que cette proposition vous a été faite ?

— Il y a un an environ, dit Rosemary. Au printemps.

— Il y a eu un procès ?

— Non. Jeff Croll nous a menacées de porter plainte contre nous, mais apparemment, ce n'était que des paroles en l'air...

— Je dois avouer que j'avais complètement oublié cette affaire, ajoute Floretta.

— Vous n'avez plus entendu parler de lui depuis cette histoire ?

— Il a renouvelé ses menaces une fois, dit Rosemary, en criant qu'un jour nous regretterions amèrement de n'avoir pas accepté son prix. Mais les choses en sont restées là.

— Quand vous a-t-il dit ça ?

— Il y a deux ou trois mois.

Alice incline la tête et se plonge dans de profondes méditations. Elle est persuadée qu'il y a un lien entre Jeff Croll et les étranges événements qui se produisent dans la vieille demeure. Il cherche peut-être à terroriser les deux sœurs pour les dégoûter de leur manoir et le leur racheter pour un montant dérisoire.

— Jeff Croll n'a pas renouvelé son offre ces temps derniers ? demande-t-elle.

Floretta secoue la tête.

— Nous ne l'avons plus revu et c'est tant mieux.

— Vous pensez qu'il pourrait être mêlé à ce qui se passe ici ? demande Rosemary en s'adressant à la jeune fille.

— Je n'en sais rien, mais c'est une piste qui mérite d'être creusée, répond Alice.

— Tel que nous le connaissons, Jeff Croll serait bien capable de nous jouer un mauvais tour, dit Rosemary. Mais j'ai du mal à voir quel lien il pourrait avoir avec les incidents étranges qui nous arrivent. Il ne vient jamais nous voir.

— Peut-être, répond la jeune fille. Mais en tout cas, quelqu'un s'est introduit chez vous. Jeff Croll a une bonne raison de vous créer des ennuis.... Je pense que je vais diriger mon enquête dans ce sens. Je verrai bien où ça me mènera.

Sur ces paroles, elle sort de la chambre de Floretta et se rend dans la sienne. Mais une fois assise sur le rebord de la fenêtre, elle ne parvient pas à se concentrer sur cette nouvelle piste. L'inquiétude au sujet de son père recommence à la ronger.

Tirant de sa poche le courrier qu'elle a reçu plus tôt, elle le relit. Comment s'intéresser au mystère du Manoir hanté, alors que son père a disparu ? Mais qu'a-t-il bien pu lui arriver ?

chapitre 13

James Roy tombe dans le piège

Après avoir embrassé sa fille sur le quai de la gare de River City, James Roy monte dans le train à destination de Chicago. Sur place, il règle l'affaire pour laquelle il est venu un jour plus tôt que prévu.

— Il me semble que les sœurs MacLeod n'ont pas le téléphone chez elles... Je ferais bien d'envoyer une petite carte à Alice pour la prévenir que j'arrive plus tôt, décide James Roy.

Il se rend au bureau de poste afin de choisir le mode d'expédition le plus rapide : le guichetier lui assure que son courrier arrivera le soir même à Hilltop. Sur une carte postale, l'avocat annonce à sa fille qu'il prendra un train de nuit et arrivera le lendemain matin, à 7 heures 20.

Il est loin de se douter qu'Alice ne recevra jamais sa carte.

Inconscient du danger qui le menace, James Roy s'installe confortablement sur sa couchette et se met à lire son journal. Le train roule depuis une heure environ quand le contrôleur passe.

— M. James Roy ? demande-t-il.

— Oui, c'est moi.

— Au dernier arrêt, le chef de gare nous a dit qu'il avait reçu un coup de fil de la part du bureau de poste de Hilltop pour l'un de nos passagers. C'était votre fille, qui demandait à ce qu'un message vous soit transmis. Le chef de gare l'a noté sur ce papier.

Le contrôleur tend à James Roy une feuille sur laquelle sont inscrits quelques mots. Surpris, l'avocat saisit la missive et la déchiffre. Un sourire éclaire son visage.

Je t'attendrai en gare de Hilltop à 7h20. Bises. Alice.

« Bien. Ça signifie qu'elle a reçu mon courrier, se dit-il. Me voilà rassuré : je dois avouer que l'idée de la laisser seule dans ce vieux manoir ne m'enchantait pas vraiment. »

Soulagé, James Roy se replonge dans son journal. Après l'avoir parcouru, il sonne le contrôleur pour lui demander de le réveiller le lendemain matin vers 7 heures.

Bientôt, il dort profondément.

— Sept heures, monsieur ! crie le contrôleur en passant la tête dans son compartiment.

James Roy se lève à toute vitesse, s'habille et se dirige vers la portière. Il est aussi impatient de revoir Alice que s'il ne l'avait pas vue depuis un mois !

Le train ralentit puis s'arrête. M. Roy saute sur le quai et cherche sa fille des yeux. Mais il a beau regarder dans toutes les directions, Alice n'est pas en vue. Quelque chose l'a peut-être retardée...

« Peu importe, se dit-il. Je vais attendre une dizaine de minutes et si elle n'arrive pas, je prendrai un taxi. »

Sa valise à la main, il se dirige vers une rangée de sièges située près de l'entrée de la gare. Il a à peine parcouru quelques mètres, qu'il voit un homme accourir vers lui. James Roy fronce les sourcils en reconnaissant Jeff Croll. Il n'a pas la moindre envie de lui parler. L'homme va certainement vouloir entamer une nouvelle discussion à propos de ses prétendus droits.

« Quelle plaie ! se dit M. Roy. C'est bien ma chance de tomber sur lui. »

Mais quand Jeff Croll s'approche, M. Roy s'aperçoit qu'il est très agité.

« Qu'est-ce qu'il a encore ? » se demande-t-il, intrigué.

Jeff Croll se dirige droit sur lui.

— Oh ! Monsieur Roy ! crie-t-il. J'ai de très mauvaises nouvelles pour vous ! Votre fille est blessée. Il faut que vous alliez la voir au plus vite. Elle n'arrête pas de vous réclamer.

— Alice ? Blessée ? demande M. Roy en agrippant l'homme par le bras. C'est impossible !

— Elle a subi un très gros choc. Mais les médecins sont assez confiants.

— *Assez* confiants ? Quelle horreur ! gémit M. Roy.

— Allez ! Il n'y a pas de temps à perdre.

— Vous pouvez me conduire auprès d'elle ?

— Oui, venez vite ! ordonne Croll.

En disant ces mots, il ouvre la portière d'une vieille voiture garée tout près du quai.

L'avocat obéit sans poser de questions.

Croll monte à son tour, prend le volant et démarre en trombe.

La gare est à peu près déserte à cette heure et personne ne voit la voiture s'éloigner.

— Où est Alice ? demande M. Roy.

— Chez moi.

— Comment ça, chez vous ? On ne l'a pas transportée à l'hôpital ?

— Elle était trop mal en point pour supporter un trajet pareil, explique Croll.

— Ma petite fille..., murmure James Roy d'une voix brisée.

Un moment plus tard, il demande :

— Vous ne m'avez pas dit comment elle a été blessée.

— Un accident de voiture. Son cabriolet a dérapé dans un fossé.

— Et on l'a amenée chez vous ?

L'expression que James Roy surprend sur le visage de Jeff Croll ne lui plaît pas. Et si tout cela n'était qu'un piège ?

— L'accident s'est produit devant ma maison, reprend le conducteur, s'efforçant de trouver une explication plausible, c'est pour ça que le médecin a fait transporter votre fille chez moi.

— Alice conduit pourtant très bien, je ne comprends pas...

— Je n'ai pas assisté à l'accident, mais on m'a dit que ses freins ne répondaient plus.

— Est-ce qu'on peut la sauver ?

— Je n'en sais rien.

Le trajet paraît très long au malheureux avocat.

— Vite ! S'il vous plaît, roulez plus vite !

— J'appuie à fond sur l'accélérateur, grommelle l'homme.

Accablé d'angoisse, James Roy garde les yeux rivés sur la route et ne pose plus de questions. Bientôt ils atteignent les faubourgs de Hilltop et arrivent en vue de deux grandes maisons de pierre. Jeff Croll s'engage dans le jardin de l'une d'elles.

— C'est ici que j'habite, dit-il.

Accaparé par ses tristes pensées, James Roy ne jette pas un seul coup d'œil autour de lui. Au moment où la voiture s'arrête, il bondit à terre et se précipite vers le perron. Jeff Croll le suit de près. Celui-ci ouvre la porte et fait entrer l'avocat. Ils traversent une cuisine dans laquelle une vieille femme, rouge et corpulente, s'affaire aux fourneaux.

Tout à sa hâte de se rendre au chevet de sa fille, M. Roy ne remarque pas le clin d'œil que Jeff Croll adresse à la grosse cuisinière en passant.

Lorsque les deux hommes sont sortis de la cuisine, la vieille se dirige d'un pas tranquille vers la porte d'entrée, qu'elle verrouille à double tour.

— Par ici, dit Jeff Croll en désignant un grand escalier sombre.

Sans la moindre hésitation, James Roy s'y engage. Parvenus au premier palier, les deux hommes suivent un couloir, puis Jeff Croll s'arrête et indique du doigt une porte sur la gauche.

— C'est là, dit-il.

Dans ses yeux brille une lueur de cruauté et de triomphe. James Roy ne remarque rien.

— Elle ne va pas être surprise de me voir ? demande l'avocat d'une voix rauque. Il vaudrait mieux la prévenir, peut-être ?

— Mais non, ne vous inquiétez pas.

Sans hésiter davantage, James Roy ouvre la porte et entre dans la pièce. À sa grande surprise, celle-ci est plongée dans l'obscurité. Les rideaux sont tirés et il ne peut d'abord rien distinguer. Puis, comme ses yeux s'habituent à la pénombre, il se rend compte qu'il n'est pas du tout dans une chambre à coucher. En fait, cette pièce ressemble beaucoup plus à une cellule de prison.

Alors James Roy comprend qu'il vient de foncer tête baissée dans un horrible piège. Il se retourne brusquement, et foudroie Jeff Croll du regard. Celui-ci, debout dans l'embrasure de la porte, le regarde en ricanant.

— Qu'est-ce que ça signifie ? demande l'avocat d'un ton sec. Où est ma fille ?

— Vous êtes mon prisonnier, ricane

l'homme. On va bien voir, maintenant, si vous acceptez de me donner ce que je veux !

Sur ces mots, il claque la porte et, avant que James Roy puisse esquisser le moindre mouvement, il fait tourner la clef dans la serrure.

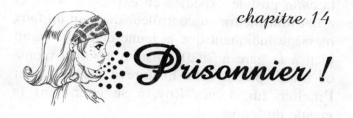

chapitre 14

Prisonnier !

En entendant la porte claquer, James Roy reste cloué sur place.

Tout s'est déroulé avec une telle rapidité depuis qu'il a débarqué sur le quai de Hilltop qu'il ne parvient pas à renouer le fil de ses pensées. Il n'a songé qu'à sa fille blessée, et n'a prêté attention à rien d'autre. À présent, il est le prisonnier d'un ignoble individu.

Fou de rage, il se précipite sur la porte, mais celle-ci ne cède pas. De toutes ses forces, il la frappe à coups de pied, à coups de poing. Mais après quelques minutes de vains efforts, il doit se rendre à l'évidence : il n'arrivera pas à la briser. Il pense un instant à crier à l'aide... mais qui répondra à son appel ?

Il se laisse tomber sur une chaise. Comment

a-t-il fait pour se laisser prendre au piège ! Tout devient clair maintenant. Jeff Croll a intercepté la carte postale expédiée en express à Alice et a fait transmettre au contrôleur du train un faux message indiquant que la jeune détective serait bien à la gare à 7h20. Ensuite, Croll a monté de toutes pièces cette histoire d'accident pour l'inciter, lui, James Roy, à se jeter dans la gueule du loup.

« Il peut faire ce qu'il veut de moi, je m'en moque, du moment qu'il n'arrive rien à Alice », se dit l'avocat.

Il ne croit plus que sa fille soit blessée, comme le prétend Jeff Croll ; mais cet infâme menteur peut très bien la retenir prisonnière, elle aussi, quelque part dans cette sinistre maison.

Nerveusement, James Roy se met à arpenter la pièce. Une petite fenêtre placée tout en haut, près du plafond, laisse filtrer un peu de lumière entre de solides barreaux.

« Cette pièce a de toute évidence été prévue pour servir de cachot, se dit-il. Jeff Croll a préparé son coup de longue date. »

La pièce ne contient que le strict minimum – un lit pliable, une table, une chaise. M. Roy pousse la table jusqu'au-dessous de la fenêtre et monte dessus pour jeter un coup d'œil au-dehors.

Malheureusement, il constate que la pièce dans laquelle il se trouve est à un étage bien trop élevé pour espérer s'en échapper par la fenêtre. Se jeter de cette hauteur équivaudrait à un suicide et il ne voit ni pierre saillante, ni arbre, qui pourrait lui servir de support.

« Il a pensé à tout..., observe James Roy, découragé. Je suis entièrement à sa merci. »

Par la lucarne, il inspecte à nouveau les alentours, et remarque à peu de distance une maison de pierre qui lui paraît assez semblable à celle dont il est captif.

« Je me demande si ce ne serait pas la maison des MacLeod... », se dit-il.

Il cherche à se rappeler la description qu'Alice lui en a faite. Les détails coïncident : ce doit bel et bien être le Manoir qui se dresse là-bas.

« Est-ce qu'Alice y est toujours ? s'inquiète-t-il. Pourvu qu'elle retourne à River City avant que ce misérable ne mette la main sur elle ! »

Lentement, les heures passent. James Roy ne quitte pas des yeux la maison voisine, espérant entrevoir Alice ou quelqu'un qu'il pourrait alerter. Vers midi, la grosse cuisinière lui apporte un maigre déjeuner, c'est-à-dire en tout et pour tout quelques tranches de pain et de l'eau. M. Roy boit l'eau mais ne touche pas au pain.

Tout l'après-midi, il monte la garde à la fenêtre. Le Manoir paraît désert.

Vers le soir, James Roy sursaute. Il vient d'entendre la serrure grincer. D'un bond, il descend de la table, mais n'a pas le temps de la remettre en place.

Jeff Croll entre dans la pièce. Après avoir soigneusement refermé la porte derrière lui, il allume la lumière et fixe James Roy de son regard narquois.

— Alors, vous vous plaisez ici ? demande-t-il avec une politesse exagérée.

— Beaucoup ! répond M. Roy, sarcastique. C'est une chance que vous ayez appris que je venais à Hilltop !

— J'ai eu de la chance, en effet. Un jeune facteur, dont c'était le premier jour, s'est trompé de maison et m'a remis une carte postale destinée à une certaine Alice Roy. Ça tombait très bien, car je voulais justement avoir une petite conversation amicale avec vous, cher maître.

— Trop aimable ! dit M. Roy toujours sur le ton de l'ironie. Allons, Croll, jouez cartes sur table. Qu'est-ce que vous attendez de moi ?

Jeff Croll s'emporte aussitôt.

— Vous savez très bien ce que je veux ! hurle-t-il. Je veux que vous payiez ma terre au prix que j'ai fixé et que vous signiez ce papier

126

où vous vous engagez à ne pas entamer de pour-
suites contre moi ! Après, vous serez libre !
J'exige un chèque de vingt mille dollars. Et si
vous avez ne serait-ce qu'un peu de bon sens,
vous me signerez ce chèque sans hésiter !

James Roy a un sourire triste.

— Vous êtes un type ignoble. Vous pouvez
être sûr que vous n'aurez pas un centime.

Tout en parlant, M. Roy a décidé de tenter
le tout pour le tout. Soudain, il bondit sur son
adversaire dans l'espoir de l'assommer. Mais
l'autre a tout prévu. D'un geste rapide, il braque
un revolver sur l'avocat.

— Eh ! Pas de ça avec moi ! ricane-t-il. Et
pour vous calmer un peu, je vais vous ligoter !

Sans baisser son revolver, Jeff Croll recule
jusqu'à la porte et l'ouvre. La vieille cuisinière
entre d'un pas assuré.

— Attache-le ! ordonne Croll, d'un ton
bourru.

— Bien, m'sieur.

La femme disparaît et revient quelques
minutes plus tard, une grosse corde à la main.
En traversant la pièce, elle a un geste maladroit
et le pied de Jeff Croll se retrouve coincé dans
une boucle de la corde.

— Tu ne peux pas faire un peu attention ?
gronde l'homme. Tu sais bien que j'ai mal à la

jambe depuis que je suis tombé sur cette mau-
dite marche ! Allez, dépêche-toi !

Sans broncher, la femme se met à la tâche.
L'arme toujours pointée sur lui, l'avocat n'ose
pas résister. La femme le pousse brutalement sur
une chaise où elle l'attache à l'aide de la corde.

— Alors, bien installé ? ricane Jeff Croll,
satisfait.

James Roy ne juge même pas nécessaire de
répondre.

— Bon, vous êtes décidé à accepter mes
conditions ?

— Non !

N'en croyant pas ses oreilles, Jeff Croll le
regarde avec des yeux écarquillés. L'idée ne l'a
pas effleuré un instant que James Roy pourrait
continuer à le défier.

— Vous êtes sûr de vous ?

— Oui !

— Tant pis. Vous allez le regretter. Et
croyez-moi, James Roy, vous finirez par céder !

— Faites ce que vous voulez, dit l'avocat
avec un sourire de mépris. Mais rappelez-vous
bien ce que je vais vous dire. La justice vous
rattrapera un jour ou l'autre et à ce moment-là,
il ne faudra pas compter pas sur la clémence
du tribunal !

— La justice ! La loi ! ricane Jeff Croll avec

dédain. Des foutaises tout ça ! En tout cas, je vais vous dire une chose : si vous ne me donnez pas mon argent, vous ne reverrez plus jamais votre fille, ni vos amis. Alors, pour la dernière fois, est-ce que vous allez signer ce papier, oui ou non ?

— Je vous ai déjà donné ma réponse. Vous êtes sourd ?

— Très bien, c'était votre ultime chance ! crie Jeff Croll, le visage rouge de colère. Dans un jour ou deux, vous me supplierez à genoux... Je vais vous affamer !

James Roy hausse les épaules. Voyant que sa menace n'impressionne pas l'avocat, Croll reprend avec un rire cruel :

— Et si ça ne suffit pas à vous ramener à la raison, j'irai chercher votre fille et on verra !

Une lueur d'effroi brille dans les yeux du père d'Alice.

— Et comment ferez-vous ? Vous ne savez pas où elle se trouve !

En fait, l'avocat est persuadé que Jeff Croll le sait très bien, mais il veut vérifier que ses hypothèses sont justes.

— C'est ce que vous croyez ! Elle est chez les MacLeod et je pourrai entrer dans sa chambre à tout moment. Il me suffira de la chloroformer et le tour sera joué.

— Vous êtes un monstre ! crie James Roy en se débattant dans ses liens.

Avec un nouveau ricanement, Croll fait demi-tour et marche vers la porte.

— Vous n'aurez plus rien à boire, ni à manger, dit-il en franchissant le seuil de la pièce.

James Roy entend la clef tourner dans la serrure et il se retrouve seul avec ses pensées. Il sait que Jeff Croll n'hésitera pas à mettre ses menaces à exécution. Il est capable de pénétrer dans le Manoir cette nuit même et d'enlever Alice.

« Qu'est-ce que je peux faire ? se demande James Roy, torturé par l'anxiété. Je vais peut-être être obligé d'accepter les conditions de ce scélérat... »

chapitre 15

Un nouvel indice

Pendant les deux jours qui suivent l'arrivée du message indiquant que James Roy a quitté Chicago, Alice attend sans perdre espoir. Mais au fur et à mesure que le temps passe, une vive inquiétude s'empare d'elle. Les plus folles hypothèses se bousculent dans son esprit.

Son père a-t-il eu un accident ? Une voiture l'a-t-elle renversé pendant qu'il traversait la rue ? Si seulement elle avait un signe de lui ! L'attente devient insupportable.

Devant l'insistance de Rosemary et de Floretta, elle accepte de rester au Manoir jusqu'à ce qu'elle ait reçu des nouvelles de son père. Que deviendraient les malheureuses sœurs sans elle ?

Mais Alice ne parvient plus à s'intéresser au

mystère du Manoir. Bien sûr, elle n'a pas renoncé à faire la lumière sur cette affaire, mais pour le moment ses pensées sont ailleurs.

Depuis que les robes de soie ont disparu de la chambre de Floretta, plus rien n'est venu troubler la tranquillité de la vieille demeure. Pourtant, les habitantes du Manoir continuent à vivre dans l'angoisse. Alice en arrive à craindre que le lourd et menaçant silence qui pèse sur la demeure ne finisse par lui faire perdre la raison.

À plusieurs reprises, elle a fouillé la maison, toujours dans l'espoir de découvrir un passage secret, mais elle a eu beau scruter la moindre fissure, sonder les murs à coups de marteau, elle n'a rien trouvé.

Depuis qu'elle a appris que Jeff Croll avait l'intention d'acheter le vieux Manoir à un prix dérisoire, Alice est convaincue qu'il est mêlé aux incidents qui se sont produits dans la maison.

« Il faut absolument que j'arrive à déjouer ses plans, se dit-elle. Je me demande si je ne vais pas finir par aller voir Croll moi-même. Avec un peu d'adresse, j'arriverai peut-être à le pousser dans ses retranchements. »

Mais Alice sait qu'elle a affaire à un homme rusé, capable des plus sombres machinations. Elle se rend compte qu'elle aura du mal à le

132

piéger toute seule. D'un autre côté, elle ne peut pas le faire arrêter par la police sur de simples soupçons.

« Je dois impérativement prouver qu'il est coupable, se dit-elle. Si je tarde trop, il va se passer quelque chose de terrible. Ce pauvre type ne reculera devant rien si on se met en travers de sa route. »

Finalement, Alice décide d'aller voir Croll, malgré la peur qu'il lui inspire.

— Où habite cet homme ? demande-t-elle à Rosemary, pendant le déjeuner.

— Je ne vous l'ai pas dit ? demande Rosemary très étonnée. Il vit dans la vieille maison de pierre qui se trouve juste derrière la nôtre.

Alice pousse un cri de surprise.

— Dommage que je ne l'aie pas su plus tôt !

— Je suis vraiment désolée, reprend Rosemary. J'étais persuadée que vous le saviez.

— Vous croyez toujours que Jeff Croll a quelque chose à voir dans cette histoire ? demande Floretta.

— J'en suis de plus en plus convaincue ! Mais ce ne sera pas facile à prouver. Dites-moi, depuis combien de temps Croll habite-t-il là-bas ?

— Oh ! Depuis des années ! C'est le pire voisin que nous ayons jamais eu.

— Ça ne m'étonne pas vraiment..., sourit Alice.

— Si vous saviez comment il est devenu propriétaire de cette maison, vous n'en reviendriez pas, dit Floretta. Voulez-vous que je vous raconte ?

— Bien sûr.

— Sa maison a été construite par un MacLeod. C'est pour cela qu'elle ressemble autant à la nôtre.

— Vous voulez dire que les deux maisons ont été construites par le même homme ? demande la jeune fille.

— Non, par deux frères, répond Rosemary. Ils s'aimaient beaucoup et ils ont voulu que leurs demeures soient très proches l'une de l'autre. Cela dit, elles donnent sur deux routes différentes.

— Quand la guerre de Sécession a éclaté, les deux frères ont connu leur première dispute, reprend Floretta. George, le propriétaire de notre maison, était un farouche partisan des Sudistes, alors que son frère faisait partie du camp des Nordistes...

— ... et a sacrifié sa vie et tous ses biens à la cause ! intervient Rosemary.

— Oui, et il est mort au combat, poursuit Floretta. Après sa mort, ses héritiers ont dû vendre la maison pour payer toutes les dettes que leur aïeul avait contractées. Depuis, elle est passé entre les mains de plusieurs propriétaires avant de finir dans celles de Jeff Croll.

— Ceci ne m'explique pas pourquoi il veut acheter votre maison, dit Alice, perplexe.

— Il faut dire que la sienne est en piteux état. Ça ne m'étonnerait pas de la voir s'écrouler un de ces jours.

— Jeff Croll est un homme un peu bizarre, dit Floretta. Autant que je me souvienne, il a toujours vécu seul.

— Pas tout à fait seul, intervient Rosemary. Il a une cuisinière. Une vieille femme qui n'aurait rien à envier à une sorcière.

— Et des oiseaux, ajoute Floretta. Sa maison est une véritable volière. Et quand les pauvres bêtes meurent, il les empaille. J'ai toujours trouvé cela horrible !

Elle a un frisson de dégoût.

— Je ne m'approcherais de cet endroit pour rien au monde.

— Vous dites qu'il élève des oiseaux ? demande Alice, dont cette remarque éveille la curiosité. De quelle espèce ?

— Il en a de toutes sortes, je crois, répond Rosemary. En tout cas, je suis sûre qu'il a des perroquets, parce qu'on les entend jacasser d'ici !

— Est-ce qu'il a des canaris ? demande la jeune fille.

— Il me semble que oui ! répond Rosemary.

Alice vient de se souvenir des deux petits oiseaux perchés sur le tableau dans la chambre de Floretta, le jour du vol des robes. Jeff Croll aurait bien pu apporter lui-même les oiseaux ? Mais comment s'y serait-il pris ?

« Aller voir Jeff Croll lui-même n'est peut-être pas une si bonne idée après tout. Si je vais tout droit chez lui, il se doutera sûrement de quelque chose et je n'obtiendrai rien. Il est même capable de me retenir prisonnière. Mais il faut quand même que j'inspecte sa maison coûte que coûte, se dit-elle. Je vais le surveiller d'ici et si je le vois sortir, je tenterai de m'infiltrer... »

La conversation qu'elle vient d'avoir avec les deux sœurs a redonné du courage à la jeune fille ; elle est impatiente de se lancer dans l'action, car elle sent que la clef du mystère est à portée de main.

Elle met au point sa stratégie avec soin. Elle résiste à l'envie de communiquer aux deux sœurs son projet d'aller chez Jeff Croll, pour ne pas les inquiéter. De plus, les vieilles demoiselles feraient certainement tout pour l'empêcher de courir un tel risque.

 136

« Si les conditions sont favorables, je me rendrai là-bas dès ce soir », décide-t-elle.

L'après-midi est interminable. Alice ne cesse d'aller à la fenêtre, à l'affût du moindre mouvement autour de la vieille maison de pierre à demi cachée derrière de grands arbres.

« Vivement ce soir ! » se dit-elle, impatiente.

Elle mange peu au dîner, car au fur et à mesure que l'heure approche, elle prend conscience des dangers qui la guettent. Au cours de l'après-midi, de sombres nuages se sont amoncelés dans le ciel et, à l'heure où les ombres commencent à danser sur les murs du vieux manoir, une pluie fine commence à tomber. Alice ne pourrait rêver mieux.

— Brrr, la nuit s'annonce sinistre, dit Floretta en regardant la pluie glisser sur les vitres. J'espère que notre fantôme n'en profitera pas pour nous rendre visite...

Alice affiche un sourire rassurant.

— J'ai le sentiment que cette nuit ne va pas porter bonheur à notre fantôme, dit-elle d'une voix enjouée. Et maintenant, je vais aller me coucher ; je tombe de sommeil !

Après avoir dit bonsoir aux deux sœurs, Alice monte dans sa chambre. Mais elle ne se met pas au lit. Elle s'apprête à se lancer dans l'inconnu.

chapitre 16

Promenade nocturne

Alice enfile des chaussures qui ne craignent pas la pluie, prend sa lampe électrique et son revolver, dont elle lève le cran de sûreté.

« On ne sait jamais, je pourrais en avoir besoin cette nuit », se dit-elle.

Elle est tellement pressée de se mettre en route qu'il lui semble que les deux sœurs s'éternisent au salon. Enfin, elle les entend remuer au rez-de-chaussée et comprend qu'elles vérifient les fermetures des portes et fenêtres. Après une attente qui paraît interminable à Alice, elles montent à leur tour et se retirent dans leurs chambres. Une demi-heure plus tard, la grande maison est plongée dans le silence.

« C'est le moment, décide la jeune fille. Attention à ne pas faire de bruit ! »

Elle met un imperméable et couvre sa chevelure blonde d'un foulard qu'elle noue sous le menton. Ensuite, elle glisse son revolver et sa lampe électrique dans sa poche, ouvre la porte de sa chambre et tend l'oreille. Elle ne perçoit pas le moindre bruit.

« J'ai l'impression d'être un fantôme moi-même », se dit Alice en retenant un petit rire nerveux.

Elle passe sur la pointe des pieds devant la chambre de Rosemary. Le plancher craque. Elle se fige aussitôt. Alice ne veut surtout pas réveiller les deux sœurs : elle n'a aucune envie de les effrayer et encore moins de leur expliquer la raison de cette promenade nocturne.

Mais personne ne bouge. Rosemary et Floretta sont profondément endormies. Après avoir attendu un moment, Alice atteint l'escalier qu'elle descend à pas de loup.

Parvenue à la dernière marche, elle allume sa torche et se dirige vers la porte d'entrée. Comme elle s'y attendait, celle-ci est fermée à clef.

Elle dirige le faisceau de sa lampe sur la serrure. La clef n'est pas dedans.

— C'est bien ma veine ! murmure-t-elle. Rosemary et Floretta l'ont sans doute cachée quelque part.

140

Sans bruit, elle se rend à la cuisine. La porte est fermée et, là non plus, Alice ne voit pas l'ombre d'une clef.

« Qu'est-ce que je vais faire maintenant ? se demande Alice, découragée. Impossible de mettre la main sur cette clef. Tant pis, je passe par une fenêtre. »

Après avoir décroché la moustiquaire métallique, Alice ouvre les volets de la cuisine et, une fois dans la cour, les repousse afin que personne ne puisse se douter qu'ils ne sont pas réellement fermés.

La pluie tombe sans arrêt et une rafale soudaine fouette le visage de la jeune détective. Mais peu importe. Plus la nuit sera sombre, plus elle aura de chance de mener sa dangereuse entreprise à bien.

Alice n'allume pas sa torche, de peur d'attirer l'attention d'un éventuel guetteur. Dans la boue, elle progresse lentement. Elle ne distingue pas grand-chose, mais connaît le chemin à suivre. Maintenant que l'aventure est toute proche, les battements de son cœur s'accélèrent. Si tout se passe bien, à son retour chez les deux sœurs, le mystère sera élucidé.

En voyant se dessiner dans la nuit hostile les contours de la vieille maison de Croll, elle sent son courage flancher. Quel accueil lui réserve-t-elle ?

Cette demeure a quelque chose d'inquiétant. Une faible lumière brille au rez-de-chaussée. C'est la seule zone lumineuse de cette sombre façade.

Immobile au pied des grands érables qui cernent la cour, Alice ne se sent pas rassurée. Que faire ? Elle ne veut pas se précipiter tête baissée dans un piège et, plus que tout, elle redoute de se trouver nez à nez avec Jeff Croll.

Serrant les dents, elle s'approche de la maison. Juste à ce moment, une porte s'ouvre. Alice fait un bond en arrière.

Un homme s'avance dans la cour. Sans se soucier de la pluie, il reste quelques minutes immobile, le visage tourné dans la direction de la maison des MacLeod.

C'est Jeff Croll.

Alice le reconnaît à sa silhouette anguleuse.

Blottie derrière un arbre, elle attend. Quel sinistre projet l'homme mijote-t-il ? Une nouvelle visite nocturne chez les deux sœurs ? Sinon, pourquoi examinerait-il le manoir avec une telle attention ?

Alice ne se doute pas que c'est contre *elle* que Jeff Croll est en train d'élaborer un plan. Après sa conversation orageuse avec James

Roy, il a pris la décision d'enlever la jeune fille afin de forcer l'avocat à céder.

— Rira bien qui rira le dernier, ricane Croll en s'engageant dans l'allée.

De son côté, Alice réfléchit à son plan.

« Inutile de surveiller Jeff Croll, décide-t-elle. Ça ne servira pas à grand-chose et je n'aurai peut-être pas d'autre occasion de pénétrer chez lui. J'ai eu de la chance de le voir sortir, je dois en profiter ! »

Sans plus hésiter, la jeune fille se dirige vers la maison. Au bout de quelques mètres, elle jette un coup d'œil par-dessus son épaule et ne voit plus rien : Jeff Croll a disparu dans l'obscurité.

Alice atteint prudemment la vieille demeure. Derrière une fenêtre, la lumière continue de briller ; les volets sont ouverts. Alice s'approche et glisse un coup d'œil à l'intérieur.

Le dos tourné à la fenêtre, une vieille femme aux formes imposantes fait la vaisselle.

« Ce doit être la cuisinière dont Rosemary et Floretta m'ont parlé, pense la jeune fille. Elle n'a pas l'air commode ! Pas de chance ! Moi qui espérais que la maison serait vide ! Mais je n'ai pas le choix. Jeff Croll n'est pas là, alors c'est maintenant ou jamais. »

Elle longe la façade, examinant le moindre

détail. À l'exception de ceux de la cuisine, tous les volets sont fermés.

« Voyons s'il n'y a pas une ouverture par laquelle je pourrais entrer », se dit Alice.

En jetant de fréquents coups d'œil du côté de la cuisine, Alice commence ses recherches. Après plusieurs essais infructueux, elle trouve une lucarne entrouverte.

« Ouf ! soupire-t-elle. Allez, j'y vais ! »

Elle pousse le battant, qui grince. Persuadée que la domestique a entendu ce bruit, Alice se glisse à toute vitesse dans l'étroit passage et se laisse tomber à terre. Mais avant qu'elle puisse le retenir, le vantail se referme bruyamment derrière elle.

— Quelle maladroite ! murmure-t-elle, affolée. Me voilà dans de beaux draps !

Ses craintes se confirment presque aussitôt. La porte de la cuisine s'ouvre et des pas lourds font crisser le gravier. La grosse dame a entendu le bruit...

chapitre 17

Chez Jeff Croll

Recroquevillée sur le sol d'une cave sombre, Alice ose à peine respirer, de peur de révéler sa présence. Elle entend la vieille cuisinière longer la façade en direction de la lucarne par laquelle la jeune détective vient de se glisser.

Alice ne peut pas se risquer à allumer sa lampe électrique pour chercher une cachette plus sûre. Mais si elle reste dans cette cave, la femme finira à coup sûr par jeter un coup d'œil par l'ouverture, et elle apercevra Alice.

À tâtons, la jeune fille fait le tour de la petite pièce à l'odeur de moisi.

Sa main touche quelque chose de visqueux. Elle se recroqueville certaine d'avoir touché un serpent ; ce n'est en fait qu'un vieux morceau de tuyau d'arrosage.

Les pas de la femme se rapprochent. Si Alice ne trouve pas rapidement une cachette, elle va se faire prendre.

À ce moment, elle sent sous sa main la poignée d'une porte. Sans hésiter, elle l'actionne et se retrouve dans une petite remise.

Le temps lui manque pour chercher un refuge plus sûr, alors elle tire la porte derrière elle, sans toutefois complètement la fermer pour pouvoir épier, à travers la fente, les mouvements de l'ennemie. Puis elle attend, le cœur battant.

Elle n'a pas longtemps à patienter. Presque aussitôt, la lueur d'une torche balaie la cave qu'elle vient de quitter, se pose l'espace d'une seconde sur la porte de la remise puis fouille un autre coin.

— J'ai pourtant pas rêvé, il y a bien eu du bruit ! marmonne la vieille servante. Et ça venait de la cave, j'en mettrais ma main au feu.

Longuement elle promène le faisceau de sa lampe dans la cave.

« Si elle décide de descendre inspecter la cave, je suis perdue », se dit Alice.

La perspective d'être prise comme un voleur dans la maison de Jeff Croll la remplit d'effroi. Elle se blottit contre le mur.

Après son inspection, la domestique semble rassurée car elle s'éloigne en bougonnant.

— Voilà que j'ai des hallucinations, moi, maintenant... Je crois entendre des bruits, alors que c'est dans ma tête que ça se passe !

Quelques instants plus tard, la porte de la cuisine claque. Après avoir attendu quelques minutes afin d'être sûre que la vieille femme ne revient pas, Alice allume sa torche et inspecte sa prison.

La remise est encombrée de débris de toutes sortes ; dans un coin, des pommes de terre à demi pourries dégagent une odeur nauséabonde.

Certaine que la pièce ne contient rien d'intéressant, Alice ouvre la porte et se faufile dans la partie principale des sous-sols.

En entrant dans la cave, Alice pensait découvrir un passage secret reliant la maison de Jeff Croll au Manoir. Si les deux frères ont bien construit les deux résidences à la même époque, il est tout à fait possible qu'ils en aient prévu un. Les recherches effectuées au Manoir ayant été vaines, elle espère obtenir un meilleur résultat en partant de chez Croll.

À l'aide de sa lampe elle scrute le chaque centimètre carré de la pièce en quête d'une ouverture ou d'une trappe. Mais elle ne découvre aucune fissure ou saillie dans les murs. Il faut bien se rendre à l'évidence, ce n'est pas au sous-sol qu'elle trouvera ce qu'elle cherche.

Il y a un escalier qui part de la cave et mène très certainement à la cuisine. Alice n'a aucune intention de quitter la maison avant de l'avoir visitée aussi minutieusement que possible, mais tant que la vieille femme ne sera pas allée se coucher, il sera impossible de bouger.

« Pourvu qu'elle finisse vite son travail », soupire la jeune fille.

N'importe qui aurait abandonné les recherches à ce stade, mais Alice est déterminée à mener l'affaire jusqu'au bout et elle s'arme de patience. Elle doit impérativement découvrir ce soir même un indice qui lui permettra d'affirmer sans conteste qu'il existe un lien entre Jeff Croll et les incidents qui se produisent au Manoir. Sinon, il ne lui restera plus qu'à renoncer et le mystère ne sera jamais élucidé.

Il règne dans la cave une humidité froide. Les vêtements d'Alice ne sont pas suffisamment chauds, et elle se met à grelotter.

« Non, c'est impossible, je ne peux pas rester ici toute la nuit », se dit-elle.

Le froid la rend audacieuse. Elle gravit l'escalier. Une porte lui barre l'entrée de la cuisine. Elle s'accroupit pour regarder par le trou de la serrure. La vieille cuisinière est toujours là. Le dos à la porte, elle repasse.

Il fait un peu plus chaud sur le palier. Alice espère que la grosse femme ne tardera pas à quitter la cuisine. Après une attente qui lui paraît interminable, Alice voit la cuisinière ranger son fer et sa table à repasser, et sortir de la cuisine, le panier à linge sous le bras.

La jeune fille tourne la poignée de la porte et pénètre en pleine lumière.

Une fois dans la cuisine, elle ne sait plus dans quelle direction aller. C'est alors qu'elle entend la vieille femme revenir.

Alice jette des regards affolés autour d'elle. Impossible de retourner à la cave. Déjà la vieille femme approche de la cuisine.

« C'est fini », pense la jeune fille, désespérée.

À ce moment, ses yeux se posent sur la porte d'un placard situé sur sa gauche. Sans même réfléchir, elle s'engouffre à l'intérieur.

Elle a à peine refermé la porte que la vieille femme entre dans la cuisine. Sans même jeter un regard en direction du placard, elle prend une nouvelle pile de linge et sort. Alice l'entend aller et venir dans une autre partie de la maison.

« C'est le moment ou jamais, se dit-elle. Si je reste ici, elle va me trouver tôt ou tard. »

Vivement, elle sort du placard, s'assure que

la vieille femme ne revient pas et, sans faire le moindre bruit, se précipite dans la pièce à côté.

Alice ne s'attarde pas car la vieille femme peut réapparaître d'une minute à l'autre. Elle décide alors de monter au premier étage. Mais pour cela, il faut d'abord trouver l'escalier.

À pas de loup, elle traverse la pièce ; guidée par la lueur de sa lampe électrique qu'elle allume de temps à autre, elle ouvre une porte. La chance lui sourit : devant elle, un escalier en colimaçon, assez semblable à celui du Manoir, conduit au premier étage.

Le revolver à la main, Alice monte. Les marches craquent un peu, mais Alice ne s'arrête qu'une fois arrivée sur le palier. Bien qu'il fasse très noir, Alice n'ose pas se servir de sa lampe.

Soudain, un bruit la fait sursauter.

« On dirait quelqu'un qui tousse, mais c'est impossible, se dit-elle. Je suis vraiment trop nerveuse ce soir ! »

Elle s'arrête, l'oreille tendue. Le bruit ne se répète pas. Alors elle longe le couloir, et passe sans le savoir devant la « cellule » de son père. Le parquet gémit de plus en plus fort, et à chaque pas elle s'attend à ce que quelqu'un bondisse sur elle. Elle a l'impression que des yeux invisibles la guettent dans l'ombre.

150

« Allons, un peu de sang-froid, Alice ! » se répète-t-elle, fâchée contre elle-même.

Bien décidée à aller jusqu'au bout de son entreprise, elle se ressaisit et poursuit sa lente progression. Sa main effleure la poignée d'une porte. Elle l'ouvre, se demandant ce qu'elle va trouver. Dans l'obscurité profonde qui l'accueille ici encore, elle ne discerne rien. Sans réfléchir, elle allume sa torche et fait un bond en arrière. À moins de trois pas d'elle, le faisceau vient d'éclairer un immense hibou, aux ailes déployées et aux yeux brillants comme du verre.

Alice parvient tout juste à retenir un cri d'effroi. Le regard rivé sur l'oiseau, elle finit par se détendre. Il est empaillé ! Rosemary et Floretta lui ont pourtant bien dit que Jeff Croll est naturaliste à ses heures.

Une fois calmée, elle inspecte la pièce à la lueur de sa lampe et ne peut réprimer un frisson. Tout autour d'elle, il n'y a que des oiseaux empaillés !

— Quel passe-temps bizarre ! murmure-t-elle.

Elle n'a jamais vu une collection pareille. Où qu'elle regarde, elle ne compte que des oiseaux immortalisés dans les postures les plus diverses.

151

Ici un aigle tend un bec menaçant, là un vautour semble vouloir prendre son envol.

Fascinée, Alice ne peut détacher ses yeux de ce spectacle effroyable.

Une fois le premier choc passé, elle ne songe plus qu'à quitter les lieux au plus vite. Mais elle se domine. Elle se répète qu'elle ne quittera pas la maison avant d'avoir découvert ses secrets.

En poursuivant son inspection, elle se rend compte qu'il y a aussi quelques animaux vivants dans la chambre. Quand la lumière frappe leur cage, de petits volatiles jaunes s'agitent sur leurs perchoirs et commencent à piailler.

— Des canaris ! souffle Alice. Maintenant, je suis sûre que c'est Jeff Croll qui s'est introduit chez les MacLeod ! Les deux canaris qu'on a trouvé dans la chambre de Floretta viennent forcément d'ici ! Mais comment est-ce qu'ils ont bien pu arriver là-bas ?

Elle se dirige vers la porte. Soudain le faisceau de sa lampe se pose sur une grande cage qu'elle n'avait pas encore remarquée : un perroquet au brillant plumage bat des ailes, inquiet.

Devinant qu'elle court à un désastre, Alice déplace son rayon lumineux. Trop tard ! Le perroquet pousse un grand cri.

— Va-t'en ! croasse-t-il de sa voix rauque. Va-t'en ! Polly veut un biscuit !

Affolée, Alice court vers la porte. Comme elle s'apprête à l'ouvrir, elle entend quelqu'un monter l'escalier. La cuisinière vient voir ce qui se passe ! Plus moyen de s'échapper !

« Oh ! Si seulement je pouvais étrangler cet horrible perroquet ! se dit Alice au comble de l'angoisse. Me voilà dans de beaux draps ! »

chapitre 18

Une chute brutale

Sans bruit, Alice entrouvre la porte l'espace d'une seconde. Un rapide regard du côté de l'escalier suffit à la convaincre qu'elle n'a pas la plus petite chance de s'enfuir par cette voie. Déjà la vieille femme pose le pied sur le palier. Heureusement, son embonpoint l'empêche d'avancer vite.

L'affreux perroquet s'agite et s'ébouriffe en jacassant tant qu'il peut.

— Va-t'en. Va-t'en ! crie-t-il en penchant la tête de côté et en lorgnant Alice d'un œil mauvais.

— Tais-toi, sale bête ! murmure la jeune fille, tu m'as causé assez d'ennuis comme ça !

Dans une ultime tentative pour trouver une cachette, elle promène la lueur de sa torche autour de la pièce. Pas un meuble ! Rien qui puisse la dissimuler ! Se précipitant vers la fenêtre, elle regarde au-dehors. Peine perdue. Il n'y a aucun moyen de sortir par là.

Alice se trouve dans une situation très délicate. La vieille femme n'a certainement pas plus de scrupules que Croll...

La main d'Alice se crispe sur la crosse de son revolver. En cas de nécessité, saura-t-elle se défendre ? Elle n'a jamais utilisé une arme à feu ! Une fois, petite, elle a bien tiré sur un carton à la fête foraine mais elle sait qu'elle sera incapable de prendre un être humain pour cible ! Peut-être le revolver suffira-t-il à intimider son adversaire ? Dans ce cas, elle profitera du trouble de la domestique, et se précipitera au-dehors.

« Je ne peux pas risquer de me laisser prendre ici, songe-t-elle. Même si j'arrive ensuite à m'échapper, je pourrai dire adieu à mon enquête. Pour l'instant, je n'ai pas trouvé la moindre preuve qui me permette de faire arrêter Croll. »

Soudain son regard s'arrête sur un petit placard en partie caché par la cage du perroquet. Étouffant un cri d'espoir, elle se précipite vers le meuble et s'y introduit.

Il était temps : elle a à peine refermé la porte

qu'elle entend déjà la porte de la chambre qui s'ouvre. La lumière s'allume. D'un pas lent, la vieille servante arpente la pièce. Alice, qui l'observe par le trou de la serrure, la voit inspecter chaque recoin tandis qu'une expression perplexe se dessine sur son visage. Elle cherche à comprendre ce qui a tant agité les oiseaux.

— Va-t'en ! Va-t'en ! lance le perroquet, s'en tenant à son thème favori. Polly veut un biscuit !

— Mais pourquoi est-ce que tu t'excites comme ça, sale bête ? demande la vieille femme, furieuse. Tu me tapes sur les nerfs avec ton refrain !

— Va-t'en ! Va-t'en ! répète le perroquet en battant des ailes et en sautillant dans sa cage.

Folle de rage contre l'oiseau qui lui a fait gravir l'escalier une fois de plus, elle saisit un lambeau de toile et le jette sur la cage.

— Avec ça, tu vas te tenir tranquille ! gronde-t-elle.

Le perroquet pousse un dernier cri et se tait.

La vieille femme contemple son œuvre avec satisfaction. Elle se trouve à un mètre à peine de la porte derrière laquelle Alice retient son souffle. Il suffirait à la cuisinière de tendre le bras pour toucher la poignée de la porte.

Tremblant d'être découverte, Alice se presse

contre le mur aussi fort qu'elle le peut mais une sorte de petite saillie la gêne. Impossible de voir ce que c'est dans l'obscurité.

Le moindre bruit risque de la trahir. L'attente devient insupportable. Chose curieuse, la vieille femme s'attarde dans la pièce. Flaire-t-elle une présence étrangère ? Quoi qu'il en soit, elle reste aux aguets, l'oreille tendue.

Le silence le plus complet règne dans la pièce, à part le léger pépiement des canaris. Alice se sent prête à craquer.

Enfin, de son pas lourd, la vieille femme se dirige vers la porte qui donne sur le couloir. Avant d'éteindre la lumière, elle s'arrête et semble réfléchir.

— Je me demande vraiment ce qui a inquiété ces bêtes, dit-elle à haute voix.

Sur ces mots, elle sort et referme la porte. Alice entend une sorte de grincement qu'elle ne parvient pas à identifier, puis les marches gémissent sous le poids de la vieille femme et, enfin, tout redevient silencieux. Au bout de quelques minutes, la jeune fille quitte sa cachette. Dans le placard, l'air est étouffant et elle est soulagée de pouvoir retourner dans la chambre aux oiseaux.

Prenant grand soin d'éviter la cage du perroquet, Alice se faufile vers la porte. Elle tourne la poignée et tire. La porte ne s'ouvre pas. Elle essaye de nouveau. Sans plus de succès. La porte est fermée à clef !

C'était donc cela le bruit grinçant qu'elle a entendu juste après le départ de la cuisinière. Quelle catastrophe ! Alice est prisonnière !

« Et maintenant ? se demande-t-elle. Oh ! Qu'est-ce qui m'a pris de venir dans un endroit pareil ? »

Elle se laisse tomber à terre et s'efforce de trouver un moyen de se tirer de là.

« Si je sors d'ici vivante, je réfléchirai à deux fois avant de me lancer dans une aventure aussi périlleuse. »

Puis elle se relève et marche jusqu'à la fenêtre. Son regard triste se porte vers la maison des sœurs MacLeod.

« Et le pire, c'est que je n'ai pas découvert ce que j'étais venue chercher, se lamente-t-elle. Pourtant, je suis sûre qu'il y a un passage secret entre cette maison et le Manoir. En tout cas, je ne risque pas de trouver l'entrée ici. »

Ne sachant que faire, elle se met à examiner les murs. Comme elle s'y attendait, cette inspection ne lui révèle rien de nouveau. Soudain, elle se souvient de la saillie en forme de bouton qui l'avait gênée dans le placard.

Avec sa lampe, elle éclaire le placard et étudie l'aspérité en question. C'est un petit bouton qui paraît inutile, trop petit en tout cas pour y accrocher des vêtements.

« À quoi est-ce que ça peut bien servir ? » se demande Alice.

Intriguée, elle se rapproche et tourne le bouton. Elle croit entendre un léger déclic.

En examinant la paroi, son intérêt redouble : une longue fissure parcourt la surface lisse. Alors, elle frappe le mur du bout des doigts : celui-ci sonne creux !

Comprenant l'importance de sa découverte, Alice presse de toutes ses forces sur le bouton. À son grand étonnement, un mécanisme se déclenche et c'est tout le fond du placard qui bascule ! Alice manque de tomber à la renverse.

Elle tente de reprendre son équilibre. Peine perdue ! Elle dégringole la tête la première jusqu'au bas d'un escalier de pierre.

Un cri de douleur lui échappe. Puis elle ne bouge plus.

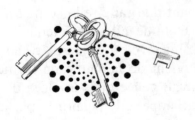

chapitre 19

Le passage souterrain

Juste après la chute d'Alice, la paroi du placard s'est remise en place avec un claquement sec. Mais Alice n'a pas pu l'entendre car avant d'avoir atteint le bas de l'escalier, sa tête a heurté un objet dur et elle a perdu connaissance.

Pendant plusieurs minutes, son corps inerte reste étendu au pied de la dernière marche. Lorsque enfin Alice ouvre les yeux, elle ne peut retenir un faible gémissement de douleur mais s'efforce de retrouver ses esprits.

Tout est sombre autour d'elle. Où peut-elle bien se trouver ? Elle se souvient d'avoir appuyé sur un petit bouton, mais après cela, plus rien. Pourtant, la jeune fille est sûre d'une chose : elle a découvert le panneau secret et se trouve dans un souterrain.

Encore tout étourdie par sa dégringolade, Alice se redresse et se palpe le front. Sous ses doigts, elle sent une grosse bosse au-dessus de l'œil droit.

— J'aurais pu y rester, murmure-t-elle.

À grand-peine, elle se remet debout et remue ses membres les uns après les autres. Heureusement, elle n'a que quelques égratignures, et rien de cassé.

Dans sa chute, elle a perdu son revolver et sa torche. Elle les cherche à tâtons dans le noir.

Elle trouve l'arme presque à ses pieds, mais il lui faut plusieurs minutes de recherches consciencieuses avant de mettre la main sur sa lampe, qui s'est coincée sous la dernière marche.

« Pourvu qu'elle ne soit pas cassée », se dit-elle, en la ramassant.

Par chance, l'ampoule est intacte et la torche fonctionne, mais sa lueur n'éclaire plus qu'une petite partie du souterrain.

Alice lève les yeux et s'aperçoit qu'elle est tombée du haut d'un très long escalier de pierre. D'en bas, elle essaie de situer l'ouverture par laquelle elle a basculé. Celle-ci a disparu comme par enchantement.

« Étrange... », pense la détective, déconcertée.

Elle gravit en boitant la longue suite de

marches et scrute du regard le mur qui se dresse devant elle. Elle promène ses mains dessus, de haut en bas, sans rencontrer le plus petit ressort secret.

« Bah, en cherchant bien, je le trouverais sûrement, songe-t-elle. Mais à quoi bon perdre du temps. J'ai enfin découvert le souterrain. Maintenant, il faut que je trouve où il mène. »

Alice descend prudemment l'escalier puis, après quelques secondes d'hésitation, plonge dans le tunnel. Le boyau qui s'ouvre devant elle est très étroit et si bas de plafond qu'elle peut tout juste avancer sans se courber. Les parois sont en brique et en pierre, et s'effritent par endroits. Alice craint à tout moment qu'une partie du plafond ou un pan de mur ne s'effondre sur sa tête.

« Je n'ai pas le choix se dit-elle. Je dois poursuivre ma route coûte que coûte. »

Elle progresse lentement, éclairant le passage avec sa torche. Une odeur humide, désagréable, y règne. Des courants d'air glacé circulent le long des parois couvertes de moisissures. Le silence est oppressant mais Alice poursuit sa marche sans se retourner.

Une fois, elle croit entendre un soupir de détresse. Involontairement, elle s'arrête pour écouter.

« Ce n'était que le vent », se dit-elle pour se rassurer.

Elle s'enfonce de plus en plus dans le labyrinthe obscur. La lumière de sa torche commence à faiblir. Alice trébuche presque à chaque pas. Elle n'avance plus qu'avec une extrême lenteur. Quand il lui arrive d'effleurer les murs de pierre ou de poser la main dessus pour s'empêcher de tomber, la jeune fille est traversée par de violents tressaillements tant ils sont froids.

« Ce n'est rien ! Courage ! » se dit-elle.

Malgré sa farouche détermination, elle ne peut s'empêcher de craindre le pire. L'impression d'épouvante que lui a laissée la chambre aux oiseaux la poursuit. Rien ne lui prouve que la vieille femme ne l'a pas entendue tomber dans l'escalier et que, connaissant le secret de la porte, elle n'est pas en train de la suivre en ce moment même.

À cette pensée, Alice frissonne. Dans ce passage souterrain, elle sait qu'il ne servirait à rien de crier. Personne ne pourrait venir à son secours.

Ses propres pas résonnent à ses oreilles, ce qui ne fait qu'accentuer son angoisse. Si seulement cet interminable couloir pouvait finir ! Déjà le tunnel paraît de plus en plus incliné, et forme désormais une pente douce. Il aboutit for-cément quelque part.

L'air est humide. Des gouttes d'eau tombent du plafond par endroits. Alice se dit que ce doit être la pluie qui s'infiltre par les fissures du ciment. Dans ce cas, elle doit se rapprocher de la surface.

« Où conduit ce tunnel ? Dans un jardin, dans un bois. Peut-être même dans un cimetière... pense la jeune fille en réprimant un frisson. Il ne manquerait plus que ça ! »

Sa tête la fait de plus en plus souffrir et sa résistance nerveuse commence à trouver sa limite.

Alice s'arrête un instant afin de reprendre des forces. Un bruit derrière elle la fait sursauter. Se tournant, elle pousse un cri d'horreur.

Un gros rat lui file entre les pieds.

— Oh..., gémit-elle. Décidément, je n'aime pas du tout cet endroit...

Après s'être reposée quelques minutes, elle reprend malgré tout sa lente progression.

Le boyau ne suit plus une ligne droite. Il forme des coudes et slalome de façon étrange. À un moment, il se divise en deux branches. Alice hésite un instant puis s'engage dans le couloir de droite. Mais au fur et à mesure qu'elle avance, une nouvelle crainte commence à la gagner : a-t-elle choisi le bon chemin ? Le souterrain paraît revenir en arrière ! Si c'est le cas, en continuant dans cette direction Alice se jettera tout droit dans les griffes de Jeff Croll.

La lumière de sa lampe faiblit de plus en plus. L'idée de se trouver plongée dans l'obscurité totale la glace d'effroi. Elle presse l'allure.

Elle essaie d'enregistrer mentalement les divers virages que forme le boyau, mais elle doit renoncer devant la difficulté de la tâche. Si elle est amenée à retourner sur ses pas, elle ne pourra se fier qu'à son instinct pour la guider.

Enfin, elle heurte du pied un objet dur. Elle braque sa torche dessus. C'est une marche de pierre. La sortie doit être toute proche !

Cette pensée lui redonne courage. Levant les yeux, elle voit un petit escalier, qu'elle gravit sans attendre.

L'air devient plus chaud, plus sec aussi.

« Allez, je suis presque au bout de mes peines », se dit-elle toute joyeuse.

Malheureusement, au terme de son ascension, elle se retrouve nez à nez avec un mur !

« Il doit y avoir un ressort secret, il faut absolument que je le trouve », se dit-elle, avec angoisse.

Elle promène sa lampe le long du mur. Près

de la dernière marche, elle aperçoit un petit bouton assez semblable à celui qui lui a donné accès au souterrain. Avec un petit cri de joie, elle presse dessus.

Lentement, un pan du mur tourne sur lui-même et Alice franchit l'ouverture. Derrière elle, le panneau se referme.

« Qui aurait pu imaginer qu'il existait un passage souterrain aussi sophistiqué dans la région de Hilltop ? se dit-elle. On se croirait dans un château du Moyen Âge. Celui qui l'a conçu avait de la suite dans les idées ! »

Alice, qui croyait être arrivée à la fin de son périple souterrain, éprouve une grande déception. Devant elle, s'élève un nouvel escalier, en bois cette fois. Les marches sont très vieilles et le passage tellement étroit qu'Alice avance très lentement. À chaque pas, elle manque de dégringoler jusqu'en bas.

Elle a déjà gravi une partie de l'escalier lorsque tout à coup son pied droit rencontre le vide. Elle parvient à rétablir son équilibre de justesse et, à la lumière de sa lampe, elle examine la marche. Les planches sont tellement pourries qu'elles ont cédé.

« Eh bien, je peux remercier ma bonne étoile, se dit-elle. J'ai failli me casser la jambe ! »

Elle franchit la marche défoncée et poursuit

son ascension. Enfin elle atteint un palier. De là, partent plusieurs tunnels et des escaliers. Qu'est-ce que cela signifie ?

Alice se rend compte qu'elle doit certainement se trouver à l'intérieur d'une maison, mais il se peut très bien que ce soit celle de Jeff Croll.

Après avoir hésité un bref instant, elle choisit un passage au hasard et gravit un nouvel escalier. Les marches sont en tellement mauvais état qu'elle s'attend à chaque seconde à les voir s'effondrer sous ses pas.

Dans son impatience d'atteindre le sommet de l'escalier, elle ne prend pas garde que sa lampe donne des signes de faiblesse de plus en plus fréquents.

Comme elle pose le pied sur la dernière marche, la lumière clignote. Alice comprend que, d'une minute à l'autre, elle va être plongée dans l'obscurité. Par chance, elle aperçoit un grand anneau de métal encastré dans le mur. C'est son dernier espoir.

Elle tend le bras et empoigne la structure métallique. Au même moment, la lampe s'éteint tout à fait.

Alice se retrouve dans le noir.

chapitre 20

Alice se retrouve au grenier

Alice sent son cœur défaillir, mais elle se res-saisit aussitôt et réfléchit. À travers une fissure dans la paroi, un rai de lumière filtre. Ce serait donc la fin du souterrain ? Il ne lui reste plus alors qu'à trouver le secret qui permet d'en sor-tir ! La main de la jeune fille n'a pas lâché l'an-neau en métal. De toutes ses forces, elle tire dessus. Le pan de mur auquel il est fixé bas-cule si brutalement qu'Alice manque à nouveau de perdre l'équilibre. L'anneau qui lui a ouvert le passage la sauve une fois de plus.

À travers l'ouverture béante, elle aperçoit une chambre.

Osant à peine respirer, de peur de révéler sa présence à un ennemi inconnu, elle se glisse à travers la porte, puis se redresse.

Une fenêtre éclaire faiblement la pièce. La pluie s'est arrêtée et la lueur de la lune se reflète sur le sol

Avec une extrême prudence, Alice s'avance au centre de la pièce. Comme elle tâtonne, cherchant son chemin, sa main effleure quelque chose. Un meuble. Étonnée, elle promène sa main dessus, et un large sourire illumine son visage.

Elle vient de reconnaître la commode qu'elle avait remarquée dans le grenier des MacLeod !

L'angoisse qui pesait sur Alice s'envole en un instant, et, s'appuyant au meuble, elle se met à rire. Elle a tout simplement emprunté un souterrain qui relie la maison de Jeff Croll à celle des deux sœurs. Les autres escaliers qu'elle a vus doivent mener à d'autres parties de la vieille demeure.

« Comment ai-je pu faire pour ne pas découvrir la porte secrète quand j'ai visité le grenier ? se demande-t-elle. Bon, inutile de m'attarder ici sans lumière. Je n'apprendrai rien de plus. Mais dès demain matin, j'inspecterai ce grenier de fond en comble. »

Alice ne referme pas la trappe : elle craint de ne pas retrouver le ressort qui l'actionne.

« Ce que j'ai de mieux à faire, c'est retourner dans ma chambre et dormir, conclut-elle. Il doit être plus de minuit et je suis morte de fatigue. »

Sans bruit, elle traverse le grenier et descend l'escalier qui conduit au premier étage.

« Pourvu que Floretta et Rosemary ne m'entendent pas, se dit-elle, un brin amusée. Sinon elles vont croire que c'est à nouveau le fantôme qui se promène chez elles ! »

Elle longe la chambre de Rosemary et enfin pénètre dans la sienne.

« Ouf ! Quelle aventure ! soupire-t-elle toute contente en refermant la porte derrière elle et en allumant la lumière. J'espère bien ne pas avoir à revivre ça trop souvent. Et pourtant, je suis bien contente de l'avoir fait. »

Sans perdre de temps, elle se déshabille et se glisse dans son lit. Toutefois, elle n'arrive pas à trouver le sommeil. Longtemps, elle reste éveillée, le regard fixé au plafond.

L'importance de l'exploit qu'elle vient d'accomplir lui apparaît à mesure qu'elle se remémore les événements de la nuit. La culpabilité de Jeff Croll est évidente. C'est bien lui qui s'est introduit à plusieurs reprises chez les deux sœurs, les a effrayées et leur a volé des objets de valeur. Maintenant, elle en a la preuve !

Le souterrain date sans doute d'avant la guerre de Sécession. Il devait être utilisé pour se défendre contre les bandes de pillards qui écumaient la région. À cette époque, les deux frères n'étaient pas encore brouillés et ils pouvaient emprunter le passage pour se rendre l'un chez l'autre. Puis, lors de la guerre de Sécession, le souterrain a dû être fermé et, au fil du temps, on en a oublié l'existence.

Jeff Croll a certainement découvert le secret par hasard et a aussitôt décidé de l'utiliser pour arriver à ses fins.

« Il y a probablement une ouverture à chaque étage », songe la jeune fille.

C'est comme ça que Jeff Croll passait d'une chambre à l'autre ni vu ni connu. Il pouvait aussi écouter les conversations des deux sœurs, et avait dû les entendre discuter de l'arrivée d'Alice. Se sentant menacé, il avait déposé l'étrange lettre sur le perron de la jeune détective pour la dissuader de séjourner au manoir !

« Je suis persuadée que le souterrain permet aussi d'accéder à la bibliothèque. Il faudra que je vérifie ça demain, même si je dois démolir le mur ! »

Du même coup le mystère des canaris est résolu lui aussi. Les oiseaux ont dû s'envoler dans le souterrain lors d'une incursion de Jeff Croll et ils sont sortis par l'autre extrémité. À moins qu'il ne les ait emportés lui-même, pour semer un peu plus le trouble dans l'esprit des habitantes du Manoir.

Le cri qu'Alice a entendu peu après son arrivée au Manoir s'explique tout aussi facilement : Jeff Croll a dû poser le pied sur la marche cassée et il est tombé, en se faisant très mal.

« Ce n'est pas moi qui vais le plaindre », se dit Alice avec un sourire de satisfaction.

Toute joyeuse d'avoir résolu cette difficile affaire, elle se retourne dans son lit et tente de s'endormir. Mais ses soucis recommencent à la tourmenter.

« Où peut bien être papa ? se demande-t-elle en se tournant et se retournant dans son lit. Pourquoi ne donne-t-il pas signe de vie ? Si je n'ai pas de nouvelles de lui demain, je préviendrai la police. »

À l'aube enfin, Alice sombre dans un sommeil agité.

chapitre 21

Le souterrain livre ses secrets

Le lendemain matin, quand Alice ouvre les yeux, le soleil entre à flots dans sa chambre. Un coup d'œil à son réveil : il est dix heures et quart.

— Ce n'est pas possible ! s'écrie-t-elle en sautant du lit. Pourquoi est-ce que Floretta et Rosemary ne m'ont pas réveillée ?

Elle est fâchée contre elle-même. Comment a-t-elle pu dormir aussi longtemps, alors qu'elle a tant à faire ? Malgré ses péripéties de la nuit dernière, elle se sent en pleine forme. La jeune fille s'habille sans perdre de temps et se précipite dans la salle à manger où son petit déjeuner est déjà servi.

— Excusez mon retard, dit-elle aux deux

sœurs, d'un air confus. Vous n'auriez pas dû m'attendre.

— Ce n'est pas grave, ne vous en faites pas, dit Rosemary, tandis que toutes trois prennent place autour de la table. Je crois bien que c'est notre dernier repas ici.

— Qu'est-ce que voulez dire ? demande Alice, aussitôt sur le qui-vive.

Elle remarque alors la tristesse qui se lit sur le visage des deux sœurs.

— Jeff Croll est venu ce matin, à la première heure, explique Rosemary.

La cuillère d'Alice lui échappe des mains.

— Comment ? Il est venu ici ? demande-t-elle, stupéfaite.

— Oui. Il a renouvelé son offre d'acheter notre maison.

— Ce n'était pas une offre mais plutôt un vol !

— Peut-être, mais nous ne pouvons plus nous montrer difficiles après ce qui s'est passé ici.

— Vous ne lui avez pas vendu votre maison j'espère ? demande Alice, inquiète.

— Si. Nous avons accepté sa proposition et lui avons dit qu'il pouvait revenir signer l'acte de vente cet après-midi.

— Vous n'avez encore rien signé alors ?

— Non, pas encore, répond Rosemary d'une voix blanche.

— Ouf ! s'exclame Alice, dont le visage s'éclaire. Si vous l'aviez fait, tout aurait été gâché. J'ai une bonne nouvelle pour vous. Vous allez pouvoir garder votre maison, et être débarrassées des fantômes ! J'ai élucidé le mystère !

— Qu'est-ce que vous dites ? demande Floretta, une lueur de joie dans les yeux. Vous avez retrouvé notre coupe d'argent, et tout le reste ? Je n'arrive pas à le croire.

— Je ne sais pas encore exactement où se trouvent vos objets, mais on le saura dans très peu de temps

— Ne nous faites pas languir plus longtemps ! supplie Rosemary. Racontez-nous tout. Est-ce que la maison est hantée, oui ou non ?

Alice éclate de rire.

— Oui, mais par un être bien vivant : cet abominable Jeff Croll !

— Vous en êtes sûre ? demande Rosemary, vaguement incrédule. Il n'a jamais eu beaucoup de scrupules, mais de là à commettre des vols...

— Est-ce que vous avez la preuve qu'il est coupable ? Sinon, nous ne pourrons pas porter plainte contre lui.

— Suivez-moi, je vais vous montrer la

preuve la plus flagrante, ou du moins l'indice le plus sérieux, dit Alice.

Elle court à la cuisine, prend un bougeoir et entraîne au grenier les deux sœurs, qui la suivent, très perplexes.

Alice pousse la porte et invite les vieilles demoiselles à entrer.

— J'ai découvert un escalier secret, leur dit-elle en approchant la bougie de la vieille commode.

Rosemary et Floretta regardent dans la direction qu'elle indique et un cri de surprise leur échappe. À travers la trappe laissée ouverte par Alice, on peut voir le fameux escalier.

— Si j'avais su qu'il y avait des choses pareilles chez nous ! s'écrie Floretta au comble de l'agitation.

— Et pourtant, on nous avait bien dit qu'il y avait un passage secret ! dit Rosemary.

— Il était très bien caché, dit Alice. Ça ne m'étonne pas que personne ne l'ait trouvé jusqu'à aujourd'hui.

— Et où conduit cet escalier ? demande Floretta en scrutant le trou noir qui s'ouvre devant elle.

— À un souterrain qui relie votre maison à celle de Jeff Croll !

178

— C'est donc par là qu'il passait pour entrer sans se faire remarquer ? dit Floretta.

— Ça ne fait aucun doute.

— Mais comment avez-vous découvert ce passage ? demande Floretta, admirative. Ça me dépasse.

Alice leur raconte en détail son épuisante expédition nocturne. Elle termine en leur montrant la bosse, qu'elle cachait jusque-là sous ses boucles pour ne pas les inquiéter.

— Vous auriez pu vous tuer, dit Floretta en frissonnant. Quand je pense que vous vous êtes promenée dans cet horrible souterrain, seule, en pleine nuit ! Je n'aurais jamais osé faire ça !

— Pour tout vous dire, je ne tiens pas particulièrement à renouveler l'expérience ! Mais c'était le seul moyen de découvrir le fin mot de l'histoire.

Depuis quelques minutes, Rosemary scrute l'entrée du souterrain d'un air méditatif. Elle se tourne tout à coup vers Alice, les sourcils froncés.

— Il y a une chose que je ne m'explique pas. Comment Jeff Croll a-t-il pu prendre notre coupe d'argent dans la bibliothèque et s'enfuir sans être surpris ? Pour atteindre la bibliothèque en venant par ce chemin, on est obligé de passer devant nos chambres. Et nous l'aurions sûrement entendu, puisque cette nuit-là, nous n'avons pas fermé l'œil de la nuit.

— Oui, j'y ai pensé, admet Alice. Mais j'ai ma petite idée là-dessus et j'aimerais la vérifier tout de suite. En fait, je pense que le souterrain a une autre issue au rez-de-chaussée.

— Il y en a peut-être même une dans chaque chambre, dit Floretta, songeuse.

— C'est possible, dit Alice. Je vais explorer à nouveau le souterrain et nous verrons ce que ça donnera. J'ai repéré plusieurs escaliers qui partent d'un même palier. Je veux voir où ils aboutissent. Vous voulez m'accompagner ?

— Bien sûr, s'empresse de répondre Rosemary. Je suis très curieuse de visiter ce fameux passage secret !

— Faites attention, une des marches est en mauvais état, dit Alice.

Tout en parlant, elle s'engage dans l'escalier. Rosemary la suit sans hésitation.

— Et si la porte se refermait ? demande Floretta, inquiète.

— Ne vous inquiétez pas, elle ne se refermera pas, dit Alice. Et de toute façon, je sais comment la rouvrir. Regardez, voici le bouton secret.

Elle lève sa bougie de manière à éclairer l'anneau de métal qui actionne l'ouverture. Floretta n'arrive pas à se décider.

— Allez, dépêche-toi ! dit Rosemary, impatiente. Il n'y a aucun danger.

Enfin, Floretta prend une longue inspiration et, timidement, descend la première marche.

— Je n'aime pas ça..., murmure-t-elle d'une voix plaintive. Qu'est-ce qu'il y a comme poussière ici et regardez toutes ces toiles d'araignées !

Malgré le dégoût que lui inspire cette promenade, elle n'ose pas faire demi-tour.

Avec une sage lenteur, Alice montre le chemin aux deux sœurs. Arrivée à la marche démolie, elle s'arrête et aide Rosemary et Floretta à la franchir. Une fois arrivée au palier, elle emprunte au hasard un des tunnels. Bientôt elle est arrêtée par une paroi.

Elle promène sa bougie autour d'elle et distingue un anneau métallique. Elle le tire. Le mur s'efface devant elle et, à sa grande surprise, elle entre dans un placard rempli de vêtements.

— Où sommes-nous ? demande-t-elle.

— Dans ma chambre, je crois, s'écrie Floretta très émue. Maintenant, je comprends comment mes robes de soie et ma broche ont disparu !

— Et moi, ça ne m'étonne plus que les murs

aient eu des oreilles ! renchérit Rosemary. Jeff Croll devait épier tout ce que nous nous disions. J'en frémis rien que d'y penser.

— Je pense que c'est lui qui m'a adressé la lettre de menaces me conseillant de ne pas venir chez vous, dit Alice. Il vous avait certainement entendues discuter de mon arrivée...

— C'est très probable, répond Floretta. Nous étions dans cette pièce.

— Dire que nous avons failli lui vendre la demeure de nos ancêtres ! s'emporte Rosemary.

— Allons voir tout de suite où mènent les autres escaliers, propose la jeune fille.

— On vous suit, dit Rosemary.

Sans prendre le temps de refermer la porte secrète derrière elles, les trois amies refont le même chemin en sens inverse et, revenues au palier, empruntent un autre escalier de bois.

— Celui-ci doit conduire au rez-de-chaussée, remarque Floretta.

— Attention où vous posez les pieds ! avertit Alice qui marche en tête. Il y a une autre marche cassée ici.

Enfin, la jeune fille atteint le palier suivant. Elle est surprise de ne pas apercevoir le moindre anneau, ni la moindre fissure. En vain elle promène la bougie le long de la paroi. Rien, toujours rien.

182

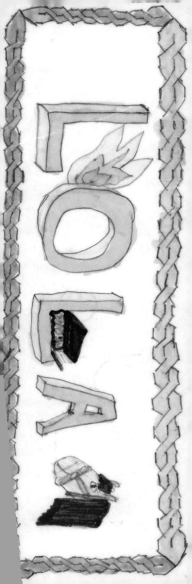

Lola

— C'est curieux, murmure-t-elle, perplexe. Je suis sûre qu'il doit y avoir un panneau secret par ici.

À cet endroit, le boyau est très étroit et si bas qu'il est presque impossible de se tenir debout sans heurter le plafond.

Fatiguée d'être courbée, Alice se redresse et sa tête cogne le sommet du passage.

— Aïe ! gémit-elle.

Au même moment, elle entend un déclic.

— Vite, éclairez-moi, je crois que j'ai trouvé l'ouverture secrète ! crie-t-elle, très agitée.

Rosemary lui prend la bougie des mains et l'éclaire. De toutes ses forces, Alice pousse à l'endroit où s'est produit le déclic. Et soudain, le plafond cède.

Alice passe la tête et les épaules par le trou et regarde autour d'elle. Sans le savoir, elle vient de soulever le siège de la banquette de la bibliothèque !

— La banquette ! s'exclame-t-elle. Je n'aurais jamais eu l'idée de chercher dedans !

Elle sort rapidement et aide ensuite Rosemarie et Floretta à franchir cet obstacle imprévu.

— J'ai mal au crâne ! Je ne sais plus où j'en suis avec cette histoire de souterrain, gémit Floretta en se laissant tomber dans un fauteuil où elle s'efforce de retrouver son souffle... et ses esprits.

— Quand je pense au nombre de fois que nous sommes assises sur cette banquette, sans jamais nous douter du secret qu'elle contenait, dit Rosemary.

— Allons à côté, je suis sûre qu'il y a une ouverture identique dans la banquette du salon, s'écrie Alice.

Elle court vers l'autre pièce, envoie promener les coussins qui encombrent la banquette et retire les planches. Elle ne s'est pas trompée : dessous apparaît une ouverture suffisamment large pour laisser passer une personne de taille moyenne.

— Quelle idiote j'ai été de ne pas y penser plus tôt, se reproche Alice.

— Comment pouvez-vous dire ça ? Vous avez accompli un travail incroyable, digne des meilleurs détectives ! J'habite dans cette maison depuis que je suis née et je ne m'étais jamais aperçue qu'il y avait des issues secrètes. Nous ne pourrons jamais assez vous remercier de ce que vous avez fait pour nous.

— Oh ! Je vous en prie, ne parlons pas de ça ! dit Alice en jetant un coup d'œil à sa montre. J'ai une tonne de choses à faire. Plus tôt nous ferons arrêter Jeff Croll, mieux ce sera.

— Je suis tout à fait d'accord avec vous ! dit Floretta. Allons vite prévenir la police.

Alice se dirige aussitôt vers la porte.

— S'il s'aperçoit que nous avons découvert son petit manège, il va essayer de nous échapper..., dit-elle.

Elle court jusqu'à sa voiture et monte dedans. Rosemary et Floretta, qui ne veulent pas rester en arrière, s'y installent avec elle.

— Pourvu que la police parvienne à l'arrêter ! dit Floretta, toute tremblante. Tant qu'il ne sera pas en prison, je ne serai pas rassurée !

Bientôt la voiture débouche sur la route conduisant à Hilltop et disparaît dans un nuage de poussière.

chapitre 22

La police s'en mêle

— Mais pourquoi est-ce que nous n'avons jamais fait installer le téléphone au Manoir ? s'indigne Rosemary tandis que le cabriolet les emporte à vive allure vers Hilltop.

— Il n'y a pas une maison d'où on pourrait appeler la police ? demande la jeune fille. Ça nous ferait gagner beaucoup de temps !

Rosemary secoue la tête.

— Non, la route est à peu près déserte jusqu'aux faubourgs de la ville.

— Dans ce cas, autant aller directement au commissariat de police..., dit Alice. On n'est pas à quelques minutes près.

— Je n'en suis pas si sûre, dit Floretta, inquiète. J'ai l'impression que Jeff Croll se doute de quelque chose. Les bruits que sa cui-

sinière a entendus ont dû l'inquiéter. Sinon
pourquoi aurait-il décidé justement ce matin de
venir renouveler son offre ?

Alice ne répond pas. Elle se concentre sur la
route. Dix minutes plus tard, elle s'arrête devant
le commissariat de police et entre en trombe
dans le bâtiment, les sœurs MacLeod sur les
talons.

Assis tranquillement dans un coin de la pièce,
le commissaire bavarde avec plusieurs hommes
en uniforme. À la vue des trois femmes, il se
lève et les salue.

— Je peux vous aider, mesdames ? demande-
t-il.

Sans préambule inutile, Alice raconte au
commissaire les étranges incidents survenus au
Manoir et lui donne les résultats de l'enquête
qu'elle a menée. Rosemary et Floretta
confirment son récit.

— Monsieur le commissaire, il faut arrêter
Jeff Croll de toute urgence ! conclut Alice.

Le commissaire, perplexe, se gratte la tête.

— Je ne sais pas trop quoi vous répondre.
Personnellement, je n'ai pas beaucoup d'estime
pour ce monsieur mais je n'ai jamais rien à eu
à lui reprocher d'un point de vue légal.

— Eh bien, il y a un début à tout ! intervient
Rosemary, fébrile.

— Ça prouve justement à quel point ce type est habile ! dit Alice. Si vous ne nous croyez pas, accompagnez-nous, on vous montrera l'escalier dérobé.

— Mais je vous crois ! s'empresse de dire le commissaire. Seulement, ça ne prouve rien. On ne peut pas arrêter un homme sans preuves sérieuses de sa culpabilité !

— Que vous faut-il de plus ? demande Rosemary qui commence à s'énerver.

— Si vous aviez retrouvé la coupe d'argent chez lui, ça aurait été différent...

— Écoutez, reprend Rosemary. Alice Roy est loin d'en être à sa première enquête. Si elle vous dit que Jeff Croll est coupable, vous pouvez lui faire confiance !

— Alice Roy ? Ce nom me dit quelque chose, dit le commissaire. Mais oui, je me souviens, c'est vous la jeune détective de River City. J'ai lu vos exploits dans le journal. Ça change tout ! Allons-y.

— Merci ! répond Alice. Il n'y a pas de temps à perdre ! Je suis certaine que ce scélérat est déjà sur ses gardes...

Le commissaire se lève aussitôt et se tourne vers les officiers présents dans la pièce.

— C'est parti ! ordonne-t-il.

Puis, s'adressant à Alice, il dit :

189

— Montrez-nous le chemin, mademoiselle, nous vous suivons.

Alice, suivie des deux sœurs, se dirige immédiatement vers sa voiture.

— Sans vous, le commissaire ne nous aurait jamais crues, dit Rosemary. Vous comprenez maintenant pourquoi nous ne voulions pas lui demander son aide ?

Alice et les deux vieilles demoiselles s'installent dans le cabriolet. Dès que le fourgon de police est prêt, elle démarre.

Les deux véhicules traversent la ville à toute allure, éveillant au passage la curiosité des passants. Alice n'y fait pas attention. Son esprit est tendu vers un seul objectif : atteindre la vieille maison avant que Jeff Croll ait eu le temps de s'échapper ou de cacher le butin volé chez les deux sœurs.

« Pourvu que le commissaire l'arrête, même s'il ne trouve pas les objets chez lui », songe-t-elle.

Bientôt, les deux voitures arrivent en vue de la maison de Jeff Croll. Alice ralentit afin de ne pas éveiller l'attention, mais le camion de police la dépasse, s'engage dans l'allée conduisant à la porte d'entrée et, dans un violent coup de frein, s'arrête juste devant.

Le commissaire saute à terre et crie à ses hommes :

— Cernez la maison ! Il ne faut pas que cet individu nous échappe !

— Oh ! pourquoi est-ce qu'il s'y prend comme ça ? murmure Alice. Avec tout ce bruit, Jeff Croll va forcément comprendre qu'on le recherche et s'enfuir par le souterrain.

D'un geste brusque, elle ouvre la portière et s'apprête à descendre quand Floretta la retient.

— S'il vous plaît, n'y allez pas ! Ils vont peut-être tirer.

Alice accepte de rester à l'intérieur et toutes trois observent la police en action. Elles voient le commissaire se diriger vers la porte et sonner plusieurs fois. Pas de réponse. Il sonne de nouveau. Toujours pas de réponse. Il tourne la poignée, la porte est verrouillée. Il fait alors le tour de la maison. Peu après, il revient et Alice l'entend dire à un policier :

— Il n'y a personne ici.

Alice n'y tient plus. Elle bondit hors de son cabriolet et se précipite vers le commissaire.

— Jeff Croll nous a certainement entendus arriver ! C'est un homme dangereux et il pourrait très bien nous accueillir un fusil à l'épaule ! Il nous épie sûrement en ce moment même d'une des fenêtres du premier. Nous faisons de parfaites cibles !

Le commissaire jette un regard inquiet en direction de la maison et se rapproche du mur.

— Nous n'avons pas le droit d'entrer chez lui sans mandat d'arrêt et sans preuve de sa culpabilité.

— Je vous assure que vous les trouverez chez lui !

Le commissaire est de nouveau pris de doute.

— Bien sûr, on pourrait forcer la porte, mais ça ne me plaît pas beaucoup..., ajoute-t-il.

— Il faut me croire, monsieur le commissaire. Cet homme est capable de tout !

— C'est bon, allons-y !

— Je connais un moyen plus simple d'entrer à l'intérieur de la maison. Il y a une lucarne qui donne dans la cave.

— Bonne idée.

Le commissaire fait signe à deux de ses inspecteurs, et Alice les conduit jusqu'à l'ouverture qui lui a permis de s'introduire chez Jeff Croll. L'un après l'autre, le commissaire et les policiers se glissent à travers le trou. Après une seconde d'hésitation, Alice les suit.

Sans mot dire, elle désigne du doigt l'escalier qui conduit à la cuisine. Le commissaire et les policiers montent à pas de loup. Arrivés sur le palier, ils s'arrêtent et prêtent l'oreille. Un silence de mort règne dans la maison.

Soudain, un bruit de pas feutrés rompt le silence. Il semble venir de la cuisine. Le commissaire se tourne vers l'officier le plus proche de lui et lui souffle à l'oreille :

— Vous avez entendu ?

— Oui, chef. Quelqu'un nous épie.

— Préparez-vous, j'entre ! dit le commissaire.

Et, saisissant la poignée, il ouvre brusquement la porte. Le commissaire fait un saut en arrière. Le canon d'un revolver, brandi par la vieille cuisinière de Jeff Croll, est pointé droit sur lui !

Alice retrouve son père

Le visage rouge et crispé, la vieille femme s'avance.

— Reculez ! ordonne-t-elle. Ou je vous fais sauter la cervelle.

Le commissaire fait un pas en arrière. La vieille femme en profite pour claquer la porte. Une clef tourne dans la serrure.

— Ça commence mal, marmonne le commissaire. Si on essaie de forcer la serrure, cette folle risque de nous cribler de balles, observe un des inspecteurs.

— C'est bien possible, dit le commissaire. Comment allons-nous entrer dans cette maison ?

— J'ai une idée, dit Alice. Si deux de vos hommes m'accompagnent, nous pourrons nous introduire chez Jeff Croll en empruntant le passage secret et nous prendrons cette femme par surprise.

— Excellente idée, dit le commissaire. Je vous suis. Venez avec moi, ajoute-t-il en se tournant vers un de ses policiers, et vous autres, restez ici !

— Ce serait bien que vous fassiez un peu de bruit de temps en temps, pour retenir l'attention de la cuisinière de ce côté-ci, suggère Alice aux policiers.

— Au moment où nous entrerons dans la cuisine, je donnerai un coup de sifflet, précise le commissaire. Dès que vous l'entendrez, forcez la porte !

Les deux hommes sortent de la cave en compagnie d'Alice. Ils se glissent sous la fenêtre de la cuisine et se précipitent vers le fourgon de police. Alice ne prend pas le temps de s'arrêter pour expliquer la manœuvre à Rosemary et à Floretta. Les deux femmes sont blotties l'une contre l'autre dans le cabriolet, dont elles n'ont pas bougé.

— Elles ne risquent rien tant qu'elles sont dans la voiture, dit le commissaire tandis qu'ils s'engouffrent tous trois dans le car de police.

Le commissaire prend le volant et le véhicule s'engage bientôt sur la route qui mène au Manoir. Quand ils sont sur place, Alice conduit les deux hommes dans la bibliothèque. Là, elle soulève les coussins de la banquette et dégage l'ouverture secrète. Sans prendre la peine d'expliquer quoi que ce soit, elle se glisse par le trou. Ahuris, le commissaire et son adjoint la regardent faire.

— Mais qu'est-ce que tout cela signifie ? grommelle le commissaire qui se demande si on n'est pas en train de se moquer d'eux.

— C'est l'entrée du souterrain ! dit Alice. Vite, venez. Il n'y a pas de temps à perdre !

Sans plus hésiter, les deux hommes s'engagent à sa suite.

— Vous savez où nous allons ?

— Oui, répond Alice. Attention aux marches, elles sont en très mauvais état.

À la lueur de la lampe électrique que tient le policier, ils descendent rapidement l'escalier. Parvenue en bas, Alice s'arrête devant un mur.

— Eh bien ? demande le commissaire.

Sans répondre, Alice pousse de toutes ses forces un petit bouton et une partie du mur s'efface.

— Venez, dit-elle en franchissant l'ouverture.

Les deux hommes lui emboîtent le pas. Une fois passés, ils se retournent et jettent un coup d'œil inquiet sur le panneau qui vient de se remettre en place.

— On ne risque pas d'être enfermés dans le souterrain ? demande le commissaire.

— Non ! répond Alice, très calme. Je connais la technique qui permet d'ébranler les panneaux mobiles.

Ils descendent encore un nouvel escalier et pénètrent dans le long couloir qui aboutit à la chambre aux oiseaux.

Arrivée en haut de l'escalier, Alice s'arrête et recommande aux deux policiers de garder un silence absolu car ils entrent dans le domaine de Jeff Croll.

— Maintenant, leur dit-elle, il faut trouver un bouton dans le mur.

Elle a à peine prononcé ces mots qu'elle aperçoit un petit anneau.

— Regardez, c'est ça ! chuchote-t-elle.

Elle tire fort et le panneau s'ouvre.

La jeune fille émerge de l'autre côté et fait signe à ses compagnons de la suivre. Ils se trouvent alors dans le placard de la chambre aux oiseaux. Prudemment, Alice entrouvre la porte et risque un coup d'œil.

— La route est libre, dit-elle. Allons-y !

Sur la pointe des pieds, elle traverse la pièce et, sans bruit, tourne la poignée de la porte qui donne sur le couloir. Heureusement, celle-ci n'est plus fermée à clef ! Sans hésitation, Alice s'engage dans le couloir et bientôt tous trois descendent l'escalier. En bas, ils se faufilent jusqu'à la cuisine où la cuisinière, fidèle à son poste, garde la porte de la cave.

L'oreille collée à la porte de la cuisine, le commissaire écoute un instant puis jette un coup d'œil par le trou de la serrure. La vieille femme, le revolver toujours braqué en direction de la cave, abreuve d'insultes ses assaillants invisibles.

— Je vous attends de pied ferme, bande de lâches ! Montrez-vous, et je vous réduis en bouillie !

Le commissaire, revolver au poing, profite de ce que la cuisinière est absorbée par ses menaces pour faire irruption dans la cuisine.

— Au nom de la loi, je vous arrête ! crie-t-il d'une voix forte.

La vieille femme se retourne d'un seul coup et regarde d'un air ahuri le canon du revolver. Elle hésite un moment, puis laisse tomber son arme.

Pendant ce temps, Alice s'est précipitée pour ouvrir la porte de la cave. Le commissaire lance un coup de sifflet retentissant et les policiers restés sur place se ruent dans la cuisine. L'un d'eux ramasse le revolver de la vieille cuisinière pendant qu'un autre lui passe les menottes.

— Et maintenant, qu'est-ce qu'on fait ? dit le commissaire.

Alice le regarde.

— Monsieur le commissaire, est-ce que je peux poser une question à cette femme ?

— Allez-y ; mais ça m'étonnerait que vous en tiriez grand-chose.

— Je peux toujours essayer, dit Alice avec un sourire.

Puis se tournant vers la cuisinière, elle demande :

— Où est Jeff Croll ?

— Qu'est-ce que j'en sais, moi ? ricane-t-elle. Ce n'est pas parce que je suis à son service que je dois être au courant de tout ce qu'il fait !

— Ne me racontez pas d'histoires, dit Alice. Je sais très bien que vous êtes sa complice.

La femme prend un air outragé.

— Comment pouvez-vous dire ça ? Moi, une complice ? Mais de quoi ? Je ne suis qu'une pauvre vieille femme qui gagne sa vie comme elle peut ! Ce n'est pas la peine d'essayer de me faire peur.

— Je ne cherche pas à vous intimider, mais je vous conseille de nous dire où il est. Sinon, vous risquez de vous finir en prison.

— Et pourquoi ? Je n'ai rien fait de mal.

 200

— Vous avez menacé des officiers de police dans l'exercice de leurs fonctions !

— Oui, approuve le commissaire. C'est très grave de s'opposer à la loi.

— J'attends toujours, dit Alice en regardant la vieille femme droit dans les yeux.

Une minute, la femme soutient son regard sans broncher, puis une expression de peur apparaît sur son visage et elle se met à pleurnicher.

— Je vais vous le dire ! Je vais vous le dire ! Ne m'envoyez pas en prison ! implore-t-elle. Je vous en prie, monsieur le commissaire !

— Ça dépend de vous. Dites-nous tout de suite où se cache Croll !

La vieille femme jette sur la jeune fille un regard sombre, puis elle lève la tête au plafond.

— Là-haut, avec le prisonnier !

— Le prisonnier ! s'exclame la jeune fille. Quel prisonnier ?

La vieille femme se contente de hocher la tête avec une expression bornée.

— Peu importe, allons voir ! dit Alice, qui comprend qu'il n'y a pas une minute à perdre.

Laissant deux hommes auprès de la vieille femme, le commissaire, deux autres policiers et Alice montent l'escalier quatre à quatre.

Sur le palier, ils s'arrêtent, hésitant sur la

direction à prendre. Dans le silence, une voix leur parvient, étouffée :

— Écoutez ! chuchote la jeune fille.

Tous tendent l'oreille.

— Vous avez encore une minute, James Roy ! entendent-ils. Si d'ici là vous n'avez pas signé ce papier, je...

Alice n'écoute pas la suite. Qu'est-ce que cela signifie ? Son père serait-il prisonnier de ce misérable ? Elle lève vers le commissaire un regard effrayé.

— Ils sont dans cette chambre, murmure-t-elle en désignant une porte close

Le commissaire acquiesce d'un signe et, revolver braqué, il s'avance. Mais Alice est plus rapide.

Sans songer un seul instant à sa propre sécurité, elle pousse la lourde porte de chêne, dont l'épaisseur a sans doute empêché le bandit de les entendre venir.

— Si vous ne signez pas ce papier, vous ne sortirez plus jamais d'ici ! hurle Jeff Croll.

D'un seul regard, la jeune fille comprend tout. Jeff Croll est penché au-dessus de James Roy, ligoté sur une chaise. Le visage pâle et creusé de l'avocat témoigne des souffrances qu'il a endurées.

En entendant la porte s'ouvrir, Croll s'est retourné et a aperçu Alice Roy.

Instinctivement, il recule d'un pas.

— Espèce de monstre ! crie-t-elle.

Le commissaire et ses hommes se précipitent en direction de Jeff Croll.

— Votre petit jeu est terminé ! dit le commissaire en s'approchant de lui.

chapitre 24

Arrêté

Jeff Croll lance un regard furibond au commissaire et, soudain, d'un coup sec, il prend son élan pour atteindre la porte, mais les policiers se regroupent pour l'empêcher de passer.

— Oubliez ça tout de suite ! lui dit le commissaire.

Il se tourne ensuite vers les autres policiers et ordonne :

— Passez-lui les menottes !

Comprenant que la partie est perdue, le malfrat se laisse faire.

Alice court vers son père et entreprend de défaire les cordes qui le retiennent à la chaise.

— Oh ! Papa ! gémit-elle d'une voix brisée. Tu n'as pas trop mal ?

— Non, ma chérie, murmure James Roy

avec un faible sourire. Mais je suis à bout... si vous n'étiez pas arrivés, je...

Il ne peut achever sa phrase tellement il est épuisé.

Avec l'aide d'un policier, qui coupe les cordes avec son canif, Alice a bientôt libéré son père. James Roy étire ses membres douloureux.

Il veut se lever, mais renonce aussitôt. Il se laisse tomber sur la chaise.

— J'ai les jambes complètement paralysées..., se plaint-il.

— Tu veux que j'appelle un médecin ? demande la jeune fille, inquiète.

— Non, merci, dit James Roy. Ça ira mieux dans quelques minutes. Il faut que ma circulation sanguine se rétablisse. Mais surtout, je meurs de faim et de soif ! Ça fait plus de vingt-quatre heures qu'on ne m'a apporté ni à boire, ni à manger...

— Attends, je vais te chercher un verre d'eau ! s'écrie la jeune fille qui sort en courant de la pièce.

Elle descend à la cuisine, remplit un pichet d'eau bien fraîche et trouve dans le réfrigérateur de quoi confectionner un sandwich. Avant de remonter, elle crie, depuis le pas de la porte, à Rosemary et Floretta de venir la rejoindre. Celles-ci accourent immédiatement.

— Raconte-nous tout, papa, demande la jeune fille après avoir fait boire son père.

James Roy pose un regard froid sur le visage de Jeff Croll et dit :

— Cet homme m'a amené ici sous un faux prétexte, dit-il. Il m'a torturé dans le but de me faire signer un papier par lequel je reconnaîtrais lui devoir une importante somme d'argent.

— Cela nous suffit ; nous allons mettre fin à sa carrière d'escroc, coupe le commissaire. Dans vingt minutes, il sera au commissariat !

Et se tournant vers Jeff Croll, il lui demande, sévère :

— Est-ce que vous avez quelque chose à dire pour votre défense ?

— Non, grommelle l'autre.

— Est-ce que vous reconnaissez avoir essayé de me soutirer sous la menace une somme d'argent à laquelle vous n'avez pas droit ? demande sèchement James Roy.

Jeff Croll ne répond pas.

— Ne vous inquiétez pas, monsieur, il parlera quand il sera en présence du juge, dit le commissaire. Inutile de nier, Croll ! Vous avez été pris sur le fait.

S'emparant d'un papier posé en évidence sur la table, il le parcourt.

— Est-ce que c'est le document qu'il

essayait de vous faire signer ? demande-t-il à James Roy.

— Oui, dit l'avocat. Et il voulait aussi me faire signer la promesse de ne pas porter plainte contre lui par la suite.

Le commissaire replie la feuille et la glisse dans sa poche.

— Je vais joindre cette pièce à conviction au dossier.

— Vous pourrez ajouter aussi qu'il a tenté de nous chasser de chez nous, en essayant de nous intimider, intervient Rosemary MacLeod. Nous comptons intenter une action en justice contre ce minable !

— Je ne voulais pas vous faire de mal, grogne Croll.

— Non, bien sûr ! répond Rosemary, ironique. Quand vous entriez chez nous la nuit, c'était juste pour nous rendre des petites visites amicales, je suppose !

— Je voulais vous pousser à vendre parce que j'avais envie de votre maison.

— Je vois que vous ne vous contentez pas d'être un escroc, vous êtes aussi un lâche qui n'hésite pas à terroriser deux femmes sans défense, jette James Roy, d'un ton de mépris.

— Et il a bien failli arriver à ses fins, dit Rosemary. Si Alice n'était pas intervenue, nous allions lui vendre le manoir. Nous étions à bout de forces.

Alice, qui a gardé le silence pendant cet échange, se tourne vers Jeff Croll.

— Quand avez-vous découvert le passage secret qui réunit les deux maisons ? demande-t-elle.

L'homme hésite.

— Vous feriez aussi bien de tout avouer, lui conseille le commissaire.

— Il y a deux mois, répond le coupable. J'ai aperçu le ressort secret tout à fait par hasard.

— Alors vous avez exploré le souterrain et découvert qu'il aboutissait au Manoir ?

Jeff Croll fait un signe affirmatif.

— Combien y a-t-il d'ouvertures secrètes dans votre maison ?

— Une seule, dans la chambre où j'ai installé mes oiseaux.

— Il y a encore une chose que je voudrais savoir, reprend Alice. C'est bien vous qui m'avez envoyé la lettre de menaces me conseillant de ne pas me rendre au Manoir ?

— Oui, c'est moi.

— Comment avez-vous su que je comptais y aller ?

— J'étais caché dans l'escalier et j'ai

entendu les vieilles demoiselles qui parlaient entre elles de votre lettre.

— C'est bien ce que je pensais. Maintenant, dites-nous où sont les objets que vous avez volés au Manoir.

— Quels objets ?

— Ne nous racontez pas d'histoires ! dit Floretta, au comble de la colère. Vous avez emporté notre coupe d'argent et une broche de diamant.

— Et un miroir, un porte-monnaie, une cuillère d'argent, sans parler des robes de soie de ma sœur, ajoute Rosemary d'un ton sévère.

— Je ne sais pas de quoi vous parlez !

— Oh que si, vous le savez ! dit Alice, très calme. À quoi bon le nier, il nous suffira de fouiller la maison de la cave au grenier pour les retrouver.

Jeff Croll réfléchit quelques secondes, puis marmonne :

— Ils sont dans ma chambre.

— Et où se trouve votre chambre ?

— Juste en face, dans le couloir.

Sans attendre, Alice sort de la pièce, suivie de Rosemary et de Floretta. En ouvrant la porte, elles poussent un cri de joie : au-dessus de la commode trône la coupe d'argent.

— Que je suis contente ! dit Rosemary en la

210

prenant. J'avais tellement peur qu'il l'ait vendue !

Floretta, qui a disparu dans la garde-robe, en ressort brandissant triomphalement une brassée de robes.

— Oui, mais où est ma broche ? s'inquiète Floretta. C'est ce qu'il y avait de plus précieux.

— La voilà, je pense, dit Alice en sortant un petit objet d'un tiroir.

Floretta s'en saisit.

— Mais oui, c'est elle ! Vous ne pouvez savoir à quel point je suis soulagée !

— Et voici la cuillère et le miroir, poursuit la jeune fille en fouillant dans un autre tiroir. Et le porte-monnaie... qui est vide !

— Peu importe, s'empresse d'ajouter Rosemary. Pour ce qu'il y avait dedans !

— On a donc tout récupéré, dit Alice.

Avant de quitter la pièce, les trois amies promènent un dernier regard autour d'elles.

— Oh ! s'écrie Rosemary, amusée. Regardez cette guitare près de la fenêtre. C'est avec elle qu'il nous a fait si peur. Qui aurait cru que cet escroc était musicien à ses heures ?

Les bras chargés, le sourire aux lèvres, les trois amies retournent dans la chambre qui a servi de prison à James Roy.

— Eh bien, voilà encore de nouvelles

preuves, dit le commissaire en examinant les objets. Nous allons mettre cet homme hors d'état de nuire au plus vite.

— Que comptez-vous faire de la vieille cuisinière ? demande Alice.

— C'est sa complice, intervient M. Roy. Je crois, monsieur le commissaire, que vous feriez bien de l'emmener elle aussi.

Un des policiers empoigne Jeff Croll et l'entraîne vers la porte tandis que le commissaire et un de ses hommes aident James Roy à descendre au rez-de-chaussée.

Le camion de police part bientôt, emportant les deux complices. Alice et son père s'apprêtent à quitter les deux sœurs, qui ont décidé de retourner chez elles à pied.

— Nous allons faire murer les ouvertures qui donnent dans le souterrain, dit Rosemary à l'avocat. Nous serons plus tranquilles.

Elle regarde James Roy d'un air soucieux.

— Vous n'avez pas l'air très en forme..., dit-elle. Il n'est pas très prudent de rentrer à River City dans cet état.

— Oh ! ce n'est rien qu'une petite fatigue passagère, répond James Roy.

— Non, ce serait inconscient de prendre la route. S'il vous plaît, venez au moins passer la nuit chez nous, au Manoir. Cela nous ferait plaisir et un bon repos vous remettra tout à fait d'aplomb. Un bon repas aussi !

— Je dois reconnaître que je me sens assez faible, dit l'avocat. Vous sûres que ça ne vous dérange pas ?

— Quelle question ! Après tout ce que votre fille a fait pour nous ! Allons, c'est réglé ! Vous resterez chez nous jusqu'à ce que vous soyez complètement rétabli.

— Et aucun fantôme ne viendra troubler vos nuits ! dit Floretta en riant.

Le père et la fille finissent donc par accepter. Alice aide son père à monter dans le cabriolet et le conduit au Manoir. Là, elle l'installe confortablement sur un des divans et le laisse se reposer sans le déranger.

James Roy a beaucoup souffert entre les mains de son bourreau, mais il se remet vite. Le soir même, il marche déjà sans difficulté. La bonne nourriture et le repos font des miracles. Après une longue nuit, il se lève pour le petit déjeuner et déclare qu'il se sent prêt à voyager.

— Nous espérions que vous resteriez encore un jour, dit Floretta sur un ton de regret.

— Mes affaires ne me permettent pas de m'attarder, malheureusement. Cela fait une semaine que je ne m'en occupe plus. À propos, il y a du nouveau au sujet de Jeff Croll ?

— Son arrestation fait la une des journaux, dit Rosemary en se tournant vers Alice, le sourire aux lèvres. Vous les avez lus ?

— Pas encore, dit Alice.

— Vous êtes l'héroïne du jour ! intervient Floretta. Le commissaire de police leur a sans doute raconté toute l'histoire en détail.

Alice prend un des journaux qui traînent sur une table et le parcourt. À mesure qu'elle lit, le rouge lui monte au visage.

— Oh ! là, là ! je ne mérite pas tous ces compliments, proteste-t-elle, gênée.

— Mais si ! dit Rosemary, avec autorité.

Elle lance un clin d'œil interrogateur à Floretta, qui approuve vigoureusement de la tête.

— Je ne sais pas par où commencer, reprend-elle en s'adressant à Alice. Nous tenons à vous dire combien nous vous remercions, ma sœur et moi, de tout ce que vous avez fait.

— Je suis heureuse d'avoir pu vous aider un peu, dit gentiment Alice. J'aime l'aventure et ce mystère m'a passionnée, même si j'avoue qu'à un moment, j'ai bien cru que j'allais échouer !

— Nous aimerions vous offrir quelque chose en remerciement.

— Nous savons que vous n'accepterez

aucune rémunération, mais nous tenons à vous offrir notre coupe d'argent, dit Floretta.

— Votre coupe d'argent ? dit Alice. C'est un objet bien trop précieux ! Et qui vous vient de vos ancêtres en plus... Je sais que vous y tenez beaucoup.

— Prenez-la, insiste Rosemary, ou vous allez nous vexer.

— Elle vous rappellera les fantômes du Manoir ! dit en riant Floretta. Tenez !

En parlant, elle saisit sur la table un objet soigneusement enveloppé et le tend à la jeune fille.

— Dans ces conditions, je suis obligée d'accepter, dit Alice en prenant le cadeau des mains de la vieille demoiselle. Je suis très touchée.

Après avoir chaleureusement remercié les deux sœurs de leur hospitalité, Alice et son père partent. Debout sur le seuil de leur maison, Rosemary et Floretta les suivent du regard jusqu'à ce qu'ils aient disparu au tournant de la route.

Alice et son père roulent quelque temps en silence. Puis James Roy se tourne vers sa fille, une lueur d'admiration dans les yeux.

— Bravo ! Tu as fait un splendide travail de détective.

— Oh ! J'ai eu de la chance, dit Alice. Mais je dois t'avouer que pendant que j'explorais le souterrain, au cours de cette fameuse nuit, j'ai eu tellement peur que je me suis juré de ne plus jamais me lancer dans des aventures aussi périlleuses...

— Et tu comptes tenir ta promesse ?

— Certainement pas, tu me connais ! Maintenant que je t'ai retrouvé et que cette histoire de manoir hanté est terminée, je n'ai qu'une envie, c'est de me lancer dans une nouvelle affaire !

James Roy ne peut se retenir de rire.

— Décidément, tu es bien la fille de ton père !

— C'est vrai. Le travail de détective me passionne.

— Ne t'inquiète pas. Les occasions d'exercer tes talents ne manqueront pas. Tu commences à avoir une sacrée réputation ! Un bon détective, c'est une denrée rare, tu sais !

— Tu veux dire que tu me considères comme un « bon détective » ? demande Alice, le regard étincelant.

James Roy regarde sa fille tendrement.

— Oui, et cela veut dire aussi que je suis très fier de toi. À partir d'aujourd'hui, j'ai l'intention de faire appel à toi pour résoudre certaines de mes affaires.

Puis il ajoute, avec un sourire taquin :

216

— Quand il s'agit de jouer les détectives, je crois que tu as une bonne longueur d'avance sur moi !

Table